为奴十二年
12 Years a Slave

〔美〕所罗门·诺瑟普 著
沈靓靓 译

新星出版社 NEW STAR PRESS

目录
Contents

01 悲伤的开始
1

02 两个陌生人
8

03 扁板和九尾鞭
15

04 古丁的奴隶监狱
25

05 罗伯特之死
33

06 目睹离别之苦
42

07 第一位主人
50

08 与提毕兹的第一战
61

09 煎熬与快乐
70

10 与提毕兹的第二战
79

11 死里逃生之后
89

12 埃德温·艾普斯
100

13 无休止的劳作
109

14 我们热爱自由
119

15 奴隶们的狂欢季
130

16 失望与绝望
140

17 奴隶的逃亡
149

18 帕茜的悲惨与美梦
159

19 木匠巴斯
168

20 在贝夫河的最后时光
180

21 告别
187

22 回家
202

01 悲伤的开始

我生来就是个自由人,在一个自由的国度享受了其三十多年的恩惠。最后被人绑架,卖为奴隶,一直到1853年1月才被幸运地解救。如此被奴役了十二年,有人说大家或许会对我的生活与命运有所兴趣。

我发现自我恢复自由以来美国北方各州对奴隶制话题的兴趣愈见浓厚。文学作品尽其所能地描绘奴隶制的优劣,在社会上空前流行。在我看来,这对奴隶制的评价与讨论创造了丰富的话题。

而我只能凭借自己的观察来谈论奴隶制,只能从我个人的了解与经历来谈论它。目的是为了讲述一个真实可信的事实:不加夸饰地重述我这一辈子的故事,至于故事中阐述的画面是否夸大了奴隶制的残忍与严酷,则留给别人去判断。

就我所能追溯到的历史而言,我父亲的祖辈们曾是罗德岛上的奴隶。他们隶属于一个名为诺瑟普的家族,诺瑟普家中的某一成员后来搬到了纽约州,定居在伦斯勒县的胡西克。他离开时带上了我的父亲明塔斯·诺瑟普。这位绅士大概是在五十年前去世的，他遗愿中有条指示是解放我的父亲，于是我父亲获得了自由之身。珊蒂山的亨利·B.诺瑟普阁下是一位杰出的法律顾问。谢天谢地，多亏了他，我才能获得自由之身，回到妻儿身边。我对他不胜感激。他是我祖辈们曾服侍过的诺瑟普家族的一位亲戚，我的名字就是诺瑟普家族给予的。或许正因为如此，他对我的表现一直兴趣盎然。

获得自由后过了段时间，父亲搬到了纽约州埃塞克斯县的密涅瓦镇。1808年7月，我在那里出生。我并不十分确定他在那里停留了多久，之后他又搬到了华盛顿县的格兰维尔，距一个叫斯莱伯勒的地方不远。父亲在克拉克·诺瑟普——他也是父亲老东家的亲戚——的农场干了几年活。后来，他又搬到了莫斯大街的埃尔登农场，就在珊蒂山镇北部的不远处。此后，他又搬到了罗素·普拉特现在的农场，就位于爱德华堡到雅佳镇的路上。他在那里一直住到1829年11月22日去世，留下了一个遗孀和两个孩子——我，以及长兄约瑟夫。后者至今仍然住在奥斯威戈县，靠近奥斯威戈市。母亲是在我做奴隶的期间去世的。

尽管父亲是奴隶出身，苦于从事我们这个不幸的种族所承担的劳作，但他也因勤勉与正直而受到尊敬。许多在世的人会铭记他，并随时能证明这一点。他的一生都在平淡的农耕活中度过，从未在琐碎枯燥的杂活中谋求过什么工作，那些活经常被指派给非洲的孩子。他给我们提供教育——以我们的情况看来，这种教育已经优于一般水平了。除此之外，他还凭借着自己的勤奋和节俭积累了一份充裕的财富，足以有资格获得选举权。他时常跟我们谈起他的早年生活,尽管对待家族,他总是满怀温情,饱含善意甚至慈爱,但他毕竟是奴隶身份,并不了解奴隶制度。种族的衰败让他时感忧郁,他试图将他的道德情操灌输给我们,教导我们将信仰与信心寄托在上帝身上,上帝无论贵贱都一视同仁。当我流落到路易斯安那偏远而又荒凉的地区,被一个没人性的主子打得满身冤枉伤躺在奴隶小屋时,我一心想躺进父亲的坟墓里,从压迫者的皮鞭下解脱。而多年后的此时,我又回想起了父亲的劝导。珊蒂山的教会墓地里有一座不起眼的石碑,上面刻着他长眠的地点。他在全心全意地履行了职责之后,由上帝指引着走进了这一片卑微的土地。

直到那段时期为止,我主要还是跟随父亲在农场里干活。闲暇之时,不是埋在书堆里,就是拉拉小提琴——这是我年轻时最主要的业余爱好,也是我获得慰藉的源泉。它为与我同病相怜之人带来了些许快乐,让我从对自己命运的痛苦冥思中暂时得以忘却自我。

1829年的圣诞节,我与安妮·汉普顿,一个就住在我们家附近的女孩儿结婚了。她属于有色人种。婚礼在爱德华堡举行,由镇长提摩西·艾迪阁下主持,他也是当地的名人。安妮曾在珊蒂山生活了许久,侍奉过老鹰酒馆的老板拜尔德先生,以及塞勒姆的亚历山大·普劳德菲特牧师一家。这位绅士多年以来一直主持着那里的长老会,凭借着他的博学与虔诚而声名远扬。安妮对这位老好人的仁慈与劝慰仍然心存感激。她并不知道自己确切的血统,但血管里流淌着三个种族的血,很难说清是红、白还是黑占据着主导地位。然而,这三种血液结合在一起,赋予了她一种独特而迷人的面容——这是非常稀有的。尽管与混血儿有些相似，但是并不能完全归类为混血儿。我忘了一点：我母亲就是混血儿。

7月之后，我就二十一岁了，这意味着我刚刚步入成年人的行列。没有了父亲的建议与帮助，妻子也依赖着我养活全家，尽管肤色是一大障碍，我决心开始勤勉地工作。虽然意识到自己身份卑微，但我依然沉浸在好日子终会到来的美好愿望之中。我有一间简陋的住房，周围有几亩地，这都是我劳动的回报，给我带来了幸福舒适的生活。

结婚至今，我对妻子真挚的爱意丝毫未减。孩子们呱呱坠地，我想只有对子女柔情有加的为人父者才能明白我对孩子们的关爱之情。为了让读者了解到命运要我承受的心酸与苦痛，我觉得有必要说明这一点。

一结婚，我们就在爱德华堡最南端的一幢黄色老房子里开始了我们的家庭生活，后来这老房子被改建成了一幢现代宅邸，最近又被拉斯洛普上校占用。它被称为堡垒山庄，过去，郡县会定期地召集民众在这栋建筑里主持庭审。它是在1777年被博格因占领的，当时他们驻扎在哈得孙河的左岸，距这老房子不远。

那年冬天，我和一些人受雇去修复香普兰运河。威廉·范·诺特维克是那片区域的主管，大卫·麦克伊钦直接负责我们一组的劳工。等到运河在春天开通时，我积攒下的薪水已经足够我买下两匹马，以及一些运输工作的必需品。

雇了几名得力助手后，我参与签订了一份运输合同，负责将大木筏从香普兰湖运到特洛伊镇。戴尔·贝克维斯和一位来自白厅街叫巴特米的先生与我一起跑了几趟。此时我已对制造木筏的技术与窍门了如指掌，后来我用这些知识为一位贤主效劳并取得了收获，也使贝夫河岸那些头脑简单的木工们大吃一惊。

在一次沿香普兰运河航行的旅途中，我被劝诱去游览了加拿大。我去了蒙特利尔，参观了那里的教堂和其他一些名胜。之后又到了金斯顿和其他一些城镇观光，了解了当地的风土人情——这些日后对我产生了不少帮助，故事的结尾会说到这一点。

雇主和我都对运输合同的圆满完成感到相当满意。之后，运河上的运输再次终止，而我又不想无所事事，于是和米达·冈签订了另一份伐木合同。1831年到1832年的冬天我一直都在从事这份工作。

春日回归，我和安妮接手了附近农场的一项工作。年轻时我就习惯了农耕劳作，因此这份工作很合胃口。我开始打理一部分老埃尔登农场——这也是我父亲先前住过的地方。我们在赫特福德的路易斯·布朗那儿买来了一头奶牛、一头猪、一头健壮的公牛以及其他一些个人用品，搬到了金斯伯里的新家。那年，我种植了二十五英亩的玉米，播撒了一大片燕麦，我极尽所能地耕种这片农场。安妮勤于家务，我则在地里挥汗如雨。

我们一直在那儿住到1834年。那年冬季，许多人邀请我表演小提琴。只要是年轻人集会跳舞的地方，我无一例外都会在那里。我的小提琴在周围的乡镇声名远扬，在老鹰酒馆待过很长一段时间的安妮也因为她的厨艺而闻名。在庭审期间，以及在一些公共场合，雪丽尔咖啡屋开出了很高的薪水请她做厨师。

工作结束后，我们总是能荷包满载地回到家里。通过拉小提琴、做厨师和务农，我们不久便积累了一笔财产，生活也可以说是快乐充实。事实上，如果一直待在金斯伯里的农场，我们的生活会一直如此。但是我们即将迈出下一步时，残酷的命运已经在等待着我。

1834年3月，我们搬到萨拉托加斯普林斯，住进了在华盛顿街北面的丹尼尔·奥布莱恩的房子。那时，艾萨克·泰勒在百老汇最北端开了一家很大的寄宿酒店，叫作华盛顿堂。他雇佣我驾驶马车，我为他工作了两年。之后，一般在旅游旺季才会有人雇我。安妮也是，她在美国旅馆及当地其他酒吧工作。冬季我主要靠拉小提琴维持生计。在特洛伊和萨拉托加铁路修建期间，我也干了好几天繁重的体力活。

在萨拉托加，我习惯去瑟夫斯·帕克先生和威廉·派瑞先生的商店为家里购置一些必需品。对这两位绅士的慷慨，我深怀感激。正因如此，十二年后，我才会把信寄给他们，后来这封信到了诺瑟普先生的手里，我因此得以幸运获救。

住在美国旅馆时，我经常碰到跟在主人身后的南方奴隶。他们穿戴整洁，物资齐全，显然是过着舒适的生活，少有问题烦扰他们。他们时常跟我聊到奴隶制这一话题。我发现在他们内心深处无不潜藏着对自由的渴望，有些人更表达出想要逃跑的迫切心理，甚至询问我有没有什么逃跑的最佳方法。然而，他们清楚被抓回来后的可怕后果，对惩罚的恐惧往往让他们打消了这一念头。一直以来呼吸着北方的自由空气，我也怀有同样的心情，希望能在白人之间找到一席之地，希望能和自由人一样平等地获得知识，至少给我们一种更为平等的肤色。我太过无知又或许是过于独立,没能一开始明白这点:一个人怎么会对身为奴隶感到满足呢?他们的处境是绝望又无助的。我怀疑法律与宗教的公正性:它们居然承认并支持奴隶制。我可以自豪地说,我从未拒绝过任何一个向我求助的人,我从未拒绝过为他们寻找机会以获取自由。

我在萨拉托加一直住到1841年的春天。七年前,我们从哈得孙河东岸平静的农舍中搬到这里,怀揣着美好的憧憬,但至今仍未实现。尽管生活还算舒适,却说不上蜉蝣。在这条举世闻名的沿河地区,社会风气似乎并不崇尚勤劳与节俭,而我早已习惯这种简单的生活,如今,慵懒与奢侈的风气取而代之。

那时,我们已经有三个孩子了——伊丽莎白、玛格丽特和阿隆索。长女伊丽莎白十岁,玛格丽特比她小两岁,小阿隆索刚过了他的五岁生日。他们让屋里充满欢声笑语,稚嫩的嗓音到我们耳朵里都成了音乐。我和孩子他妈为这三个天真的小家伙设想了许多未来。不工作时,我就给他们穿上最好的衣服,陪伴他们在萨拉托加的街道和树林间散步。有他们在,我就感到愉快。我将他们紧紧地抱进怀里,备感温暖与柔情,他们暗色的皮肤就好像如雪般洁白。

到目前为止,我的生活还没有出现任何不寻常的地方——只是一个不起眼的有色人种抱着平凡的爱与希望,在这个世界里从事着平凡的劳动,并卑微地前行。但现在,我迎来了人生的转折点,正站在命运的门槛,难以言喻地委屈、悲伤与绝望。我已接近乌云的阴影,即将陷入深邃的黑暗之中,从此我将再也无法同我的家人相见。乌云遮住了甜美的自由之光,一去好多年。

02　两个陌生人

1841年3月下旬的某个早上,那段期间我没有特别的活可忙,于是就去萨拉托加斯普林斯镇上散步,想着在繁忙季节到来之前,哪里还能找到些现成的活干。安妮与往常一样去了二十里外的珊蒂山,她负责雪丽尔咖啡屋庭审期间的餐饮工作。我想伊丽莎白也跟着她去了,玛格丽特和阿隆索待在萨拉托加陪他们的姨妈。

在议会大街和百老汇的街角处,靠近莫恩的酒馆,如果我没记错的话,老板仍然是他。我碰到了两位穿着体面的先生,都是完完全全的陌生人。印象中是一位熟人将他们介绍给我的,但至于是谁,我却想不起来,他介绍说我是拉小提琴的一把好手。

反正,他们迅速就此跟我聊了起来,问了我很多在小提琴演奏方面的问题,想知道我到底有多精通。他们似乎对我的回答相当满意,提议我为他们服务一小段时间,同时声称我就是他们在工作上所需要的人。于是他们将自己的姓名告诉了我:迈瑞尔·布朗和亚伯兰·汉密尔顿——我对名字的真实性表示强烈怀疑。迈瑞尔·布朗显然已到了不惑之年，矮矮胖胖，面相精明而机灵。他穿着黑色的长大衣，头戴黑色礼帽，声称自己住在罗切斯特和雪城两地；亚伯兰·汉密尔顿是个年轻人，五官端正，长着一对清眸，据我判断他不超过二十五岁。他高高瘦瘦的，穿着黄褐色的大衣和花纹雅致的背心，帽子鲜亮，整体着装都极其时尚。他的外表略显阴柔，但是很有魅力；看上去平易近人，显得颇为世故。这两人告诉我他们是一个马戏团的，正要前往华盛顿市与马戏团会合——两人之前离开了马戏团一小段时间，一路往北游览这个国家，偶尔演出赚取费用。他们声称很难为演出找到伴奏，如果我能陪他们一路到纽约，他们会支付我每天一美元的报酬，如果我还愿意为他们每晚的表演伴奏，额外再追加三美元，此外还会支付我从纽约回到萨拉托加的费用。

我立刻接受了这诱人的出价，既是为了他们承诺的报酬，也是为了满足想参观大城市的愿望。他们迫不及待地动身了。本想着这次出门不会太久，我就觉得没有必要写信给安妮告诉她我去哪儿了，兴许当我回去时，她也差不多到家了。于是，我带上了小提琴和一套换洗衣物便准备出发。两匹棕红色的骏马拖来了一辆看上去美观大方的带篷马车。他们将行李——三只大大的箱子绑在行李架上。他们坐上了后座，我则爬上了驾驶座，驾着马车驶上了从萨拉托加到阿尔巴尼的路。新工作让我兴高采烈，我就如以往的每个日子一样愉快。

我们经过了波尔斯顿——如果我没记错的话，它是叫这个名字——然后颠簸进了一条山路，直通阿尔巴尼。我们在天黑之前到达了那座城市，在纽约州博物馆南面的一家旅店歇脚。

这天晚上，我有机会亲眼观看他们的表演，也是我同他们共处期间唯一一次。汉密尔顿站在门口，我架起乐器，布朗表演节目。节目包括扔球、在绳索上跳舞、在帽子里炸煎饼、让隐形的猪尖叫以及其他口技和戏法。观众寥寥无几，对表演也不是很挑剔。汉密尔顿所谓的收入只不过是一个空罐子，里面的钱少得可怜。

第二天清晨，我们重新上路。两人都显得很焦虑，他们说当前的重中之重是不加耽误地赶到马戏团。我们急着赶路，再没有停下表演。我们按时到达了纽约，寄宿在城西的一间旅馆，位于百老汇到河口的街道上。我想这次远行终于要结束了，盼望着一天——最多两天后我就能回到萨拉托加，回到亲友身边。然而，布朗和汉密尔顿开始纠缠我，要我继续随他们前往华盛顿。他们说既然夏季将至，马戏团一到华盛顿就会向北出发，他们还承诺如果我继续陪同就给我一个高薪的差事做。他们详述了这能带给我的好处，说得天花乱坠让我最终只好接受这一提议。

第二天早晨，由于我们即将进入一个蓄奴州，他们建议我在离开纽约之前最好去办理一下自由身份证明。我突然想到这是个谨慎的决定，要是他们没提出来，我是不会想到的。我们随即动身去了海关。他们在那宣誓证明了我是自由之身。海关草拟了一份文件递给我们，指示我们拿到书记的办公室。我们照办了，书记在上面添了些内容，收了我们六先令。因为结束之前还有其他手续要办，我们又回到海关。支付了海关官员两美元之后，我终于得以把文件塞进了口袋，与我的两位朋友回到了旅馆。我必须承认，当时我觉得这些文件根本值不上这笔办理费，因为生活中我还未碰上什么事情会危及到我的个人安全。我记得,办理文件的书记在一本大册子上做了备忘录,我认为它至今仍在办公室里。若有人怀疑,请查阅一下在1841年3月下旬至4月1日的登记人,我确信至少能找到与这项特殊事务相关的记录。

有了自由证明,我们便在到达纽约的第二天就乘渡轮去了泽西市,经此一路去往费城。我们停留了一晚,第二天一早便继续赶往巴尔的摩。我们按时抵达那里,在靠近火车站的一家旅馆歇脚,旅馆的老板或许叫拉斯伯恩,要么就是旅馆的名字叫作拉斯伯恩。从纽约一路赶来,他们想回到马戏团的心情越来越急切了。我们把马车留在了巴尔的摩,然后坐车前往华盛顿。夜幕降临时,我们抵达了华盛顿。第二天就是哈里森总统葬礼,我们在宾夕法尼亚大街的盖茨比酒店住了下来。

晚饭过后,他们将我叫到了他们房间,付给我四十三美元——这比我的总薪水还多。他们说因为自萨拉托加以来的旅途中,他们没有像承诺的那样让我参与演出,所以才格外慷慨,以此作为补偿。他们还告诉我马戏团原本打算第二天早晨离开华盛顿,但由于总统葬礼的原因,他们决定再停留一天。自初次见面以来,他们一直表现得非常友善,毫不吝惜对我的赞许;另一方面,我对他们也极有好感,毫无保留地信任他们,之后也会相信他们的每言每行。在自由身份证上的先见之明以及其他无须赘述的百多小事,都表明他们是真的把我当作朋友,在发自内心地为我着想。我一无所知,一直以为他们是清白无辜的,但现在我相信他们是罪恶的。为了金钱,他们设计引诱我远离家乡,远离家人,远离自由。至于他们是不是我不幸的罪魁祸首,是不是披着人皮的残忍野兽,读完本书的人将会得出与我相同的结论。如果他们是无辜的,那么我的突然失踪该如何解释?在脑中细想事情的来龙去脉后,我绝无可能再将他们臆想为慈善之辈。

他们似乎很阔绰,给了钱后还建议我当晚不要上街。考虑到不熟悉城里的风俗习惯,我保证说会谨记这一建议的。在一名黑奴的带领下,我们来到旅馆后面底楼的一间卧室。我躺下休息,一直到入睡都挂念着家乡和妻儿,感叹我们相距如此之远。天使没有来到我床边警告我逃走,梦中也没有听到慈爱之声来向我预示近在眼前的磨难。

第二天,华盛顿举行了盛大的游行。空气中充斥着隆隆的炮声和丧钟的哀鸣。家家户户都掩上了黑纱,街上挤满了黑压压的人群。天色渐亮,队伍从街尾出现,缓缓穿过大街,马车一辆挨着一辆,成百上千的人接踵而至,跟随着悲悼的乐声前进。他们抬着哈里森的遗体走向墓地。

从清早开始,我就一直跟着汉密尔顿和布朗,他们是我在华盛顿唯一认识的人。葬礼队伍经过时,我们肩并肩站着。我清晰地记得墓地里每响一下礼炮,就会有窗玻璃落到地上破碎成渣。我们去了国会大厦,在广场上逛了许久。下午,他们又去了总统府溜达,从头至尾都要我紧跟着他们,并向我介绍了各种名胜。至此,我仍未见到马戏团的影子。事实上,我也没怎么想起这事儿——这毕竟是令人激动的一天。

下午,我的朋友好几次去酒馆喝酒。然而,据我所知,他们平时都不怎么嗜酒。好几次,一喝完他们就会再倒一杯递到我手里。或许从下文推断,我可能是醉了,但我其实并没有。到了晚上，经过又一番痛饮之后，我开始变得极其难受，脑袋开始犯疼——是一种沉闷的剧痛，难以形容的不快。晚餐时间，我毫无胃口，看一眼、闻一闻食物都让我感到恶心。天黑之后，还是那位奴隶带我去了昨晚休息的房间。布朗和汉密尔顿建议我好好休息，表示出友善的同情，希望我明早会有所好转。我只脱了外套和靴子就躺倒在了床上。我无法入睡，头疼继续恶化到几乎无法忍受。很快，我感到口干舌燥、嘴唇焦裂，一心只想着喝水。我想着湖泊，想着河流，想着小溪，想象着自己俯身畅饮，想着正在滴水的木桶，想着从井底满溢而出的清凉甘露。到了半夜，我实在无法忍受这焦渴之痛，起身下了床。我对这家旅店完全陌生，对里面的房间也一无所知。没见到任何醒着的人，我只能盲目摸索，也不知道最后是怎么找到了地下室的厨房。那儿两三个黑奴进进出出，其中一个女人给了我两杯水，暂时缓解了我的口渴。可一回到房间，想喝水的强烈欲望又回来了，口干舌燥，甚至比之前还要难受，剧烈的头痛也随之而来。我痛苦万分，从来没经历过这种痛楚，简直都快疯了——到死我都忘不了那一晚的可怕回忆。

从厨房回来一个多小时后，我察觉到有人进入了我的房间。混杂着不同的声响，似乎有好几个人，但我并不知道具体有多少人，都是些什么人。布朗和汉密尔顿是否也在其中，我也无从推测。隐隐约约只记得有人跟我说有必要去看一下医生开点药吃，于是我穿上靴子——没披外套也没戴帽子——便跟着他们穿过一条长长的走廊或者是小巷，来到了大街上。街道与宾夕法尼亚大街垂直相交，对面的一扇窗户里亮着灯。印象中有三个人跟着我，但模模糊糊记不清了，像是一场痛苦的噩梦。我走向灯光，以为那是从医生的诊所里发出来的。我逐渐靠近，灯光似乎也随之变暗。这是我现在唯一能回想起来的模糊记忆了，之后我便不省人事。不知道昏迷了多久，一个晚上还是许多昼夜，但等到恢复意识时，我发现自己孤身一人被链条锁在了黑暗中。

　　头痛已经略有缓解了，但身体虚弱不堪。我坐在一张粗糙的木矮凳上，没有帽子也没有大衣。双手被铐住了，脚踝上戴着沉重的脚镣，链条的尾端扣在地面的一个大圆环上。我试着站起，但只是徒劳。从痛苦的昏睡中醒来好一会儿，我才开始思考：我在哪儿？这些锁链是做什么的？布朗和汉密尔顿呢？我做了什么，为什么要把我囚禁在这间地牢？我无法理解。在我从这个孤寂之地醒来之前有一段模糊的记忆空白期，至于期间发生了什么，我绞尽脑汁也想不起来了。我专注地倾听，想找到一丝人声，但四周只有压抑的寂静。我每动一下，镣铐就发出碰撞的叮当声；我大声喊，却被自己的声音吓了一跳；在镣铐的可及之处，我尽力摸到身上的口袋，最后发现自己不但被剥夺了自由，连钱和自由身份证明也全都不见了！一个微弱又迷惑的念头逐渐在我脑中生起——我被绑架了，但我觉得这难以置信。

　　一定是有什么误会，出了一些不幸的差错。一个纽约州的自由公民，从没得罪过什么人，也没触犯过任何法律，怎么会受到如此不人道的待遇？我细想着自己的处境，但是越思考，我的怀疑就越重。我万念俱灰，觉得无情之人谈不上什么信任与仁慈。我将自己托付给了上帝，希望祂守护被压迫之人。我将头深埋在戴着镣铐的双手之中，痛苦地哭泣着。

03　扁板和九尾鞭

大约三个小时过去了，我一直坐在矮凳上，沉浸在痛苦的思索中。之后，我听到了公鸡打鸣，不久远处传来一阵隆隆声，像是马车在街道上疾驰而过。我意识到天亮了，然而没有一丝光亮透进牢房。随即，我听到了头顶传来的脚步声，像是有人在来回踱步。我这才想到我一定是在某个地下室——潮湿的霉味证实了我的猜测。头顶的嘈杂声至少持续了一个小时，最后我听到不断接近的脚步声。钥匙插入锁孔咯咯作响，厚重的门随着铰链向后开启，光线倾泻而入。两个人走了进来，在我面前停下。其中一人大约四十岁，大约有五英尺十英寸高，高大健壮，深栗色的头发中零星缀着几根灰丝；他的脸庞肥满，面带红光，五官粗犷，看上去残忍狡猾。他整个人面目可憎，令人生厌——我得先说明，这不是偏见。后来我才知道他的名字叫作詹姆斯·H.博奇——华盛顿有名的奴隶贩子，后来成了新奥尔良的西奥菲勒斯·弗里曼的生意合伙人。跟在他身后的是一个寒酸的仆人，叫作艾比尼泽·雷德本，他同时也是监狱的看守。他们俩仍住在华盛顿——至少去年一月，我摆脱奴隶身份回家途径那座城市时，仍是如此。

光线从敞开的房门透进，我这才得以观察这间囚室。房间大约十二平方米，四周是坚固的石墙，地面铺着厚厚的木板。墙上有一扇竖着粗实铁条的小窗，外面紧紧地贴着一道百叶帘。

一扇铁皮大门通向隔壁的牢房，也可能是保险室，同样没有窗户，暗无天日。我所在的囚室中，两间牢房都没有床，没有毯子，没有其他任何东西，里面的家具只有我坐着的木凳和一只肮脏的老式箱炉。博奇和雷德本进来的那扇门通向一段小走廊，楼梯往上通向院子。院子四周围着一道十到十二英尺高的砖墙，后面有一栋同样宽的建筑。院子自屋中向后延伸出了约三十英尺的距离，其中一面墙上嵌着一扇坚实的铁门，铁门后有一条狭窄隐蔽的走廊，沿着屋子的一边通向大街。黑人的命运全系在通向这条狭窄的走廊的门上，但是我们的机会同这门一样紧紧关闭着。墙顶支撑着屋顶向内抬升的尾端，形成类似露天棚屋的形状。屋顶下面是一间破烂的阁楼，奴隶们晚上在此睡觉，如果遇上恶劣的天气还能在此躲避暴雨。这里某种程度上就像是农场主的谷仓院，如此建造外界就永远无法看到里面圈养的奴隶们。

与院子相接的建筑有两层楼高，正对着华盛顿的一条公众街道，表面看上去不过是一座安静的私人宅邸，陌生人看上一眼，做梦也不会想到这里面竟有如此恶劣的行径。更吊诡的是，居高临下俯视着这座房子的正是国会大厦。近在眼前的国会大厦里爱国人士高呼自由与平等的声音，和可怜的奴隶身上的镣铐声混杂在一起。国会大厦的阴影中竟有一座奴隶监狱！

1841年，华盛顿的威廉奴隶监狱就是这般样貌。我无法解释为什么自己会被关在这其中的一间地下室里。

"喂，小子，你现在感觉怎么着？"博奇从门口进来时问道。我回答说我病了，问他为什么我会被关在这里。他回答说我是他的奴隶——他买下了我，正准备把我送到新奥尔良。我坚持说我是一个自由人，勇敢地高声声明自己的名字叫诺瑟普，是一位萨拉托加的居民，有同为自由人的妻子儿女。我激愤地控诉所受的古怪待遇，威胁一旦我重获自由一定会寻回公道。他否认我是自由人，赌咒并声称我来自佐治亚州。我一遍遍地坚称自己不是任何人的奴隶，坚持要他立刻卸下我身上的锁链。他试图堵上我的嘴，像是害怕我的声音被人听见，但我没有闭上嘴，继续谴责那些囚禁我的始作俑者，无论是谁，一定是个彻头彻尾的恶棍。因为无法使我安静下来，他勃然大怒，满嘴毒誓，说我是一个满嘴谎话的黑鬼，一个从佐治亚州偷跑出来的逃犯；他满口污言秽语，极尽骂脏之能事。

期间，雷德本一直安静地站在一边。他的工作是监管这些人，或者说监管这些非人的囚棚，接收奴隶，喂养并鞭打他们，每天从每个奴隶身上得到两先令。博奇走向他，命令他把扁板和九尾鞭带过来。雷德本随即离开，不一会儿就带着这些刑具回来了。扁板是用来惩罚奴隶的——至少是我最先熟悉的刑具——是一块十八至二十英尺长的硬木板，做成老式布丁棒或者普通船桨的形状，扁平的部分大约有两只手掌那么大，上面布满了无数根细小的螺丝钻。九尾鞭是一条带许多细丝的长绳，细丝散开着，每根的末端都打了一个结。

这些可怕的刑具一出现，他们就抓住我，粗暴地剥去我的衣服。我的双脚，如之前说的一样，被紧锁在地板上。他们将我脸朝下推倒在木凳上，雷德本用脚重重地踩在我的手铐上，将我发痛的手腕往地板上压。博奇开始用扁板拍打，板子一下又一下挨在我赤裸的身体上。他无情的胳膊终于打累了，于是停下来问我是不是还要坚持说自己是个自由人。我说是。板子重新落了下来，比之前更快，力量也更大了。再次疲倦之后，他又重复了同样的问题，在得到同样的回答后又继续向我施暴。同时，这个魔鬼的化身用尽最恶毒的字眼咒骂。最后扁板断了，他手中只剩下无用的手柄。我仍然没有屈服，所有的暴打都无法逼我从嘴里说出"我是一个奴隶"这一污秽的谎言。他发狂地将断裂的扁板手柄摔到地上，抓起了九尾鞭。这比扁板更令人痛苦不堪。我用尽全身力气挣扎，但也只是徒劳；我祈求怜悯，可回应我的只有诅咒和鞭打。我以为自己一定是要死在这残忍畜生的鞭子下了，即便现在回想起当时的情景，皮开肉绽的感受仍像是将我置身于火堆。除了地狱的灼烧，再也没有什么能比拟这种痛苦！

最后对他一再重复的问题，我只能沉默以对，不再回答。事实上，我几乎已经无法说话。他仍然不遗余力地鞭打我虚弱的身体，直到我体无完肤。灵魂中尚怀有一丝怜悯之人，对待即便是一条狗，他们都不会如此残忍地鞭打。终于，雷德本说再打下去也没用了——我已经遍体鳞伤。博奇这才住手，拳头在我面前威胁地晃了晃，还咬紧牙发出咝咝警告：如果我还敢声称自己是自由之身，说什么自己是被人绑架之类的，那么跟以后的惩罚比起来，刚才的就不算什么了。他咒骂说征服不了我，那就杀了我。

说完狠话，他将我手腕上的镣铐卸了下来，但是我的双脚仍被扣在圆环之中。他们走了出去，锁上了身后的那扇大门，原本打开的百叶帘也被重新关上了，我又像之前那样被留在了黑暗中。

一小时后——也可能过了两个小时，门外又传来了钥匙的转动声。我的心跳到了嗓子眼。我太孤单了，迫切希望能见到个人——不管是谁。现在一想到有人来了，我就浑身颤抖。来者的脸让我感到惊恐，尤其是看到一张白人的脸。雷德本端着一张锡盘走了进来，盘里装着一块干巴巴的炸猪排、一片面包和一杯水。他问我感觉怎么样，谈起了我刚才遭到的毒打，他责备我不该坚称自己是个自由人。他屈尊俯就，假惺惺地建议我还是少说为妙。他表现得尽量友善，是因为看到我的悲惨处境而有所触动，还是为了让我放弃对自己权利的维护，在我看来已无猜测的必要。他解开我脚踝上的镣铐，打开了小窗上的百叶帘，然后离开，再度留我独自一人。

此时我的身体僵硬酸痛，浑身长满了水疱，每动一下都痛苦不堪。窗外，除了墙上的屋顶，我什么也看不到。晚上，我躺在潮湿而坚硬的地上，没有枕头，没有铺盖，什么也没有。雷德本每天准时地进来两次，给我送猪肉、面包和水。尽管一直觉得口干舌燥，但我仍没什么食欲。因为身上的伤，我无法长久保持任何一种姿势，只能维持几分钟。所以，我坐一会儿站一会儿，或者慢慢地走几步。白天和黑夜就这么过去了。我感到悲伤而心情低落，一心思念着家人——我的妻子和孩子。睡意袭来，我又梦到了他们，梦到我回到了萨拉托加，我能看到他们的脸，听见他们呼唤我的声音。从快乐的梦境中醒来，回到痛苦的现实后，我难以自抑地呜咽流泪，但我的精神并没有因此崩溃。我沉浸在逃跑的期待中，越快逃走越好。我想着如果人们知道了我的真实情况，他们不可能这么不讲理地把我当奴隶一样囚禁。只要让博奇相信我不是从佐治亚逃出来的，他肯定会放了我的。虽然我屡次怀疑布朗和汉密尔顿，但我还是无法使自己相信他们就是将我囚禁的帮凶。他们一定会找到我的，将我从奴役中解救出来。唉！那时我还未了解"人对人的非人待遇"，一个人会因为贪婪而犯下多么深重的恶行。

连着好几天，外门都敞开着，我得以去院子里自由活动。我在那遇到了三个奴隶——其中一个是十多岁的男孩儿，另外两个都是二十到二十五岁的年轻人。我们很快就彼此认识了，我也知道了他们的姓名和具体身世。

年纪最大的黑人名叫克莱姆·雷。他一直住在华盛顿，靠驾驶马车为生，在一家马车行工作了许久。他很聪明，完全清楚自己的处境，一想到要去南方，他就万分悲伤。博奇是几天前刚买下他的，然后一直把他晾在那儿，直到最近才准备将他送往新奥尔良的奴隶市场。我从他那里第一次知道了自己正身处威廉奴隶监狱——一个我从前从没听说过的地方。他向我解释了设计这地方的用意，我跟他重述了我不幸的遭遇，而他只能同情地安慰我。他建议我从今以后对自由的话题保持沉默，他了解博奇的性格，保证说那只会使我遭受另一轮鞭打。年纪第二大的名叫约翰·威廉姆斯，是在距华盛顿不远的弗吉尼亚州长大的。主人为了偿还债务，将他抵押给了博奇。他一直指望着他的主人能将他赎回——这愿望后来实现了。那男孩儿是个开朗的孩子，说自己的名字叫作兰道尔。大多数时间，他都在院内玩耍，偶尔哭闹着要找妈妈，想知道她什么时候回来。母亲不在似乎是他幼小心灵中唯一也是最大的伤痛。兰道尔年纪太小了，还未明白自己的处境。不想妈妈的时候，他总是愉快地小打小闹，逗我们开心。

晚上，雷、威廉姆斯还有男孩儿就睡在小屋阁楼里，我则被关在地牢。后来他们给了我们每人一条毯子，原本是给马用的——这是我在之后十二年里唯一的被褥。雷和威廉姆斯问了我许多关于纽约的问题——黑人在那里受到怎样的待遇？他们怎么能拥有自己的房子和家人，还没有人骚扰压迫他们？特别是雷，他由衷地渴望自由。然而，这些对话是不能让博奇或看守雷德本听到的——这样的渴望会让我们的后背遭受鞭打。

为了真实而全面地呈现出我人生中遭遇的所有重大事件，我觉得有必要在书中描述一下我所目睹和了解到的奴隶制度。我会提到一些著名的地方以及许多依然在世的人们。在华盛顿及其周边，我一直算是个完完全全的外来者。除了博奇和雷德本，我谁都不认识，只是从我的奴隶同伴那里听说过一些人。如果说错了，很容易被反驳。

我被关在威廉奴隶监狱大约两周，离开的前一天晚上，一个女人被关了进来，她哭得很伤心，手里还牵着一个小孩儿——那是兰道尔的母亲和他同母异父的妹妹。一见到她们，兰道尔就高兴坏了。他抓住母亲的裙子，亲吻着妹妹，喜悦之情溢于言表。他的母亲也搂过他，温柔地将他拥在怀里，热泪盈眶地凝视着他，柔情地呼唤着他的名字，一遍又一遍。

小女孩儿叫艾米莉，大约七八岁，肤色较浅，脸庞精致，头发打着卷儿垂到脖间。她华美的着装风格以及洁净的外表，都表明她是在富裕的环境里长大。她确实是个甜美的孩子。她的母亲也穿着丝绸衣裳，手指上戴着戒指，耳朵上挂着金饰。她礼貌得体的谈吐气质都表明她曾经的身份地位明显高于普通奴隶。被关进这样一个地方让她感到惊愕，显然是突如其来的命运转折将她带到了这里，令她始料未及。空气里满是她的抱怨，她和她的孩子们，还有我被推搡进了地牢。她不停地哭诉，但言语不足以表达她的哀伤。她摔倒在地上，将孩子们抱在怀里，倾诉着温情的话语，这些言词只有母亲的爱护和关怀才能给予。孩子们紧紧地依偎着她，仿佛只有在她身边才有安全感。后来他们睡着了，脑袋枕在母亲的膝盖上。母亲轻轻地将熟睡的孩子们的额发拨到后面，整晚都对着他们柔声细语。她称他们"亲爱的""小宝贝"。可怜的小家伙，不知道他们注定要忍受苦难！很快，他们便会失去母亲的安抚——有人会把他们从母亲身边带走。他们会变得如何？噢！离开了小艾米莉和亲爱的儿子，她还怎么活？他们都是好孩子，一直如此可爱，她会因此心碎的。天知道！她说，如果他们从她身边被带走，她知道这意味着他们会被卖掉，他们会分开，再也见不了面。听着这位凄凉而不安的母亲的诉苦，铁石心肠也会被融化的。她的名字叫伊莉莎，接下来就是她讲述的身世。

她原本是一位富人——伊利撒·贝里的奴隶，就住在华盛顿附近，她说自己是在贝里的种植园出生的。几年前，贝里变得浪荡不羁，时常与妻子争吵。事实上，在兰道尔出生后不久，他们便分开了。贝里离开了妻女，从以前居住的房子里搬了出来，在附近的庄园造了座新房。他把伊莉莎带到了那座房子，许诺只要伊莉莎答应与他同住就解放她和她的孩子。他们一起住了九年，有仆人服侍，生活舒适而奢侈。艾米莉就是伊莉莎和贝里的孩子！后来，一直同母亲住在老宅的年轻女主人，嫁给了一位名叫雅各布·布鲁克斯的先生。再之后，由于某些原因（从他们的关系推测），事情脱离了贝里先生的控制，他的财产受到了瓜分，伊莉莎和她的孩子属于布鲁克斯先生的财产。由于在与贝里生活的九年间被迫得到的身份地位，她和艾米莉成了贝里夫人和她女儿的眼中钉。贝里先生被她描述成一位善良的人，一直许诺会给予她自由。她对他毫不怀疑，她相信只要在他能力范围内，他会让她自由的。既然她们落在了贝里先生的女儿手里，成了她的财产，显然他也无法再一起生活了。一看到伊莉莎，布鲁克斯夫人就感到厌恶。她无法忍受见到那个孩子——虽然她们是同父异母的姐妹，出落得一样漂亮。

伊莉莎被关进监狱的那天，布鲁克斯把她从庄园带到了市区，假装是履行作为主人的承诺，帮她办理自由身份证明的时候了。伊莉莎为即将到来的自由欣喜若狂，为自己和小艾米莉穿上了最好的衣裳，心情愉快地跟着布鲁克斯。一到市区，她们却没有受洗成为一个自由的家庭，她被交给了奴隶贩子博奇，办理的文件是一张买卖的账单。多年的希望一瞬间破灭，她从欢欣雀跃的顶点跌落到不幸的谷底。经历过那种日子，也难怪她以泪洗面——牢房里充斥着她撕心裂肺的恸哭。

伊莉莎如今已经去世。在遥远的红河，河水慵懒地从路易斯安那州荒败的低地间流淌而过。她最终躺进了墓地——悲惨的奴隶们唯一的安息之地！她所有的恐惧都变成了现实——她日夜悲恸，从来得不到抚慰。她的心早就碎了，身为母亲的悲哀让她不堪重负。这些都会在接下来的故事中讲述。

04 古丁的奴隶监狱

伊莉莎在被关进监狱的第一天晚上不时痛诉她那位年轻女主人的丈夫雅各布·布鲁克斯。她声称自己早就察觉到布鲁克斯打算在她身上实施的诡计，他绝不会将她活着带到那儿。贝里主人不在种植园时，他们就趁这个机会把她弄走。贝里一直待她不薄，她希望能见到他；但她知道即便是贝里，现在也救不了她。然后她又开始哭泣，亲吻着熟睡的孩子，孩子们把头枕在她的膝盖上，睡得不省人事。她依次对着他们轻声细语，就这样度过了漫漫长夜。不管黎明破晓，还是夜晚再临，她始终悲恸不已，也得不到慰藉。

差不多午夜时分，地牢的门被打开了，博奇和雷德本走了进来，手中提着灯笼。博奇骂着脏话，命令我们赶紧卷起铺盖准备上船，别慢慢吞吞的。他咒骂道，如果我们还不快点就把我们扔下。他粗鲁地把孩子们从睡梦中摇醒，说他们睡得跟死人一样。他到院子里叫来克莱姆·雷，命令他带上毯子离开阁楼，到地牢里去。克莱姆过来了，博奇就让我们肩并肩站好，然后给我们戴上了手铐——我的左手与克莱姆的右手锁在一起。约翰·威廉姆斯已经在一两天前被带走了，他的主人把他赎了回去，这让他高兴坏了。博奇命令我和克莱姆先走，伊莉莎和孩子们跟在后面。我们被带进了院子，从那里进入到秘密通道，走上台阶，穿过侧门，来到上层的房间——那里就是我听到来来回回脚步声的地方。里面有一个火炉、几把旧椅子，还有一张长桌，上面盖着废纸。房间被漆成白色，地面也没有毯子，像是个办公室。我记得其中的一扇窗户上挂着一把生锈的剑，这吸引了我的注意力。博奇的行李箱就在那里，我服从他的命令，用没戴手铐的那只手握住了箱子的把手，他则握紧了另一只。在博奇的命令下，我们出了前门，走上了大街。

这是个漆黑的夜晚，一片寂静。灯光映照在宾夕法尼亚大街上，街上见不到任何人，连流浪汉都没有。我几乎下定了主意试图逃跑——如果不是手上的镣铐，我肯定早就义无反顾逃跑了。雷德本跟在最后，手上拿着一条长棍，催促孩子们用最快的速度往前走。我们戴着手铐沉默不语，一路经过了华盛顿——这个国家的首都——的街道，这个政府向我们宣扬：这个国家建立在人生而平等的原则之上，人追求自由与幸福的权利不可剥夺！你好，哥伦比亚！真是片幸福的土地！

我们上了汽船后很快被驱赶进了货舱，里面装满了木桶和货箱。一位黑人奴仆拿来了一盏灯。铃声响了，不久船就开始沿着波多马克河出发，把我们带向不知道的地方。当我们经过华盛顿的墓地时，铃声又响了。博奇摘下了帽子，在这个男人的骨灰前恭敬地弯下腰——他将自己的辉煌一生献给了这个国家的解放。

那晚，除了兰道尔和小艾米莉，没有一个人睡着。克莱姆·雷第一次完全垮了，去南方对他而言是极其可怕的。他离开了朋友，断绝了青年时期的所有关系——每件事在他心中都是珍贵无价的，美好的时代一去不返。他和伊莉莎哭到了一块儿，哀叹着他们悲惨的命运。在我看来，尽管命运艰难仍然要努力地保持精神。我在脑中设想了上百种逃跑的方案，打算时机一到就以身试险。现在我就在等待，生而自由的话题我不再多说——这只会将我暴露于被虐待的处境中，从而毁掉逃跑的机会。

日出东方，我们被叫上甲板吃早餐。博奇把我们的手铐卸了下来，我们在桌子前坐下。他问伊莉莎要不要喝点酒，她礼貌地谢绝了。吃饭期间，我们沉默不语，一句话都没有说。在桌子旁边伺候的黑白混血女仆似乎对我们很感兴趣，她鼓励我们振作起来，别这么低落。早饭过后，我们又被重新戴上手铐，博奇命令我们到船尾的甲板上去。我们在几只箱子上坐下，博奇在场，我们仍然一声不吭。偶尔有乘客向我们走来，看了我们片刻，又默默地回去了。

这是个宜人的早晨。河岸的田野上郁郁葱葱，跟以往的季节相比，那年的绿草更早地冒了芽。阳光普照，光线温暖，鸟儿们在树上歌唱。快乐的鸟儿——我真羡慕它们，我希望有像它们一样的翅膀，这样我就能划破长空，飞向北方的凉爽地区，飞向正在徒然等待父亲回归的雏鸟怀中。

汽船在中午前到达了阿奎亚河，乘客们都在这里暂时停留。博奇和他的五个奴隶独占一间房。他同孩子们一起嬉笑，在某个落脚点还给他们买了一块姜饼。他吩咐我抬起头，看上去机灵点儿。如果表现好，兴许能给自己找个好主人。我默不作声，他的脸让我感到厌恶，看一眼都无法忍受。我坐在角落里，希望某一天能在我故乡的土地上碰到这名暴君，我珍视着这希望，尽管它并不明朗。

在弗雷德利斯克堡，我们从公共马车下来，换上了汽车，天黑前到达了弗吉尼亚的主城里士满。到达这座城市后，我们被赶下了车，走过大街到了一座位于火车站和河流之间的奴隶监狱。监狱由一位叫古丁的先生照管。这座监狱与华盛顿的威廉监狱很像，只不过更大点。除此之外，院子对面的角落里还有两座小屋子。这些屋子通常被建在奴隶庭院里，作为购买者在交易成立之前对奴隶进行体检的地方。不健康的奴隶如同不健全的马匹一样，价格会有所贬值。如果没有担保书，严格的体检对黑奴贩子来说是至关重要的。

古丁先生本人在他的院子里亲自接见了我们，他矮矮胖胖，脸庞肥而圆润，留着黑色的头发与络腮胡，肤色几乎与他的奴隶一样黝黑。他看上去严峻冷硬，大约五十岁左右。博奇和他热情地打招呼——他们显然是老朋友了。他们亲切地互相握手，博奇说他带了几个人过来，问古丁船什么时候出发，古丁回答说或许明天的这个点离开。说完，他转向我，抓住我的胳膊，将我转了半圈，然后敏锐地打量着我。他自以为是一名财产鉴定能手，正在大脑中估算我值多少价钱。

"嗯，小子，你是从哪里来的？"

我一时忘了神，回答说："从纽约来的。"

"纽约？天啊！你在那儿做什么？"他惊讶地质问道。

博奇这时正一脸愤怒地盯着我，其中的含义不言而喻。我立刻说："哦，我只是去过那儿。"意在暗示尽管我去过纽约那么远的地方，但是我并不属于那里或者其他自由州，希望他能清楚明白地理解这点。

古丁接着走向了克莱姆，然后是伊莉莎和她的孩子们，一个个检查他们，问他们不一样的问题。他对艾米莉很满意——每个看到这孩子甜美面容的人都会喜欢她的。她已经不像第一次见到时么整洁了，头发稍显蓬乱，但是在她蓬松不洁的头发间仍然闪耀着一张极为可爱的笑脸。"全部加起来有点多了，确实够多了。"他用基督徒难以理解的词汇强调自己的观点。随即，我们走进了庭院，里面还有许多奴隶，我估计差不多有三十个。他们或在四处活动，或是坐在棚屋下的长凳上。所有人衣着都很整洁，男人戴着帽子，女人用手绢扎着头发。

博奇和古丁与我们分开后，走上了主楼后面的楼梯，然后在门槛上坐下。他们开始交谈，但是我听不到他们对话的内容。不一会儿，博奇下楼回到庭院，卸下我的镣铐，将我带进了其中一间小屋。

"你跟那家伙说你是从纽约来的。"他说。

我回答说："确切地说，我只是跟他说我去过纽约那么远的地方，但没告诉他我是当地的人，也没跟他说我是个自由人。我真不是有意的，博奇主人。回头想想，确实是不应该。"

他打量了我一会儿，像是要把我吃了，然后转了个身出去了。几分钟后，他又回来了。"如果再让我听到你提起纽约，或是有关你自由的言论，我会成为你的死神——我会杀了你的，给我记着这点!"他暴躁地吼道。

毫无疑问,他比我更清楚将一个自由人卖为奴隶的危险和将会受到的处罚。他觉得有必要将我的嘴堵上,从而掩盖他所犯下的罪行。当然,我的生命轻如鸿毛,在任何紧急情况下都可以被牺牲掉——毋庸置疑,他是认真的。

庭院一边的屋棚下有一张粗糙的桌子,上方就是阁楼——跟华盛顿奴隶监狱一模一样。在这张桌子上吃完猪肉配面包的晚饭后,我和一位高大的黄种人被手把手地铐在了一起。他健壮肥硕,脸上的表情极度伤感。他非常聪明,消息灵通。由于被锁在一起,我们很快就熟知了各自的身世。他名叫罗伯特,同我一样,他生来就是自由之身,妻子和两个孩子在辛辛那提。他说自己是和另两个人一起来南方的,那两人在他居住的城市雇下了他。因为没有自由身份证明,他在弗雷德里克斯堡被抓了起来,在监禁期间一直遭到毒打,打到他终于明白了闭嘴的重要性——就跟我的经历一样。他在古丁的奴隶监狱中被关了三个礼拜,我和他感情深厚,彼此惺惺相惜。之后没几天,在亲眼看着他死去时,我是怀着多么沉重的心情。我泪眼婆娑,却只能在他了无生机的尸体上望上最后一眼。

那晚,我和罗伯特、克莱姆、伊莉莎以及她的孩子们裹着毛毯睡在庭院里的一间小屋。屋子里还有其他四个人,他们都来自同一个种植园,四人早已被卖掉,现在和我们一起正在前往南方的路上。大卫和他的妻子卡洛琳都是黑白混血儿,他们非常不安,惧怕被安排到甘蔗地和棉花地里,但是最大的焦虑还是怕被分开。玛丽是一个高个女孩儿,身体柔软,皮肤如煤玉般乌黑，她没精打采的，显得有些冷漠。同许多这一阶级的人一样，她不知道什么是自由，在无知、粗野的环境中长大，她有的仅仅是粗人的见识。很多人什么都不怕，偏偏只怕主人的鞭子，除了听从主人的命令之外什么也不懂，她就是其中之一。另一个人是丽熙，她和其他人完全不同，留着一头长长的直发，比起黑人女子，长得更像一个印第安人。她的眼神敏锐而又刻薄，话语里总是充满了怨恨与报复心。她的丈夫已经被卖了，她不知道自己在哪儿，换个主子对她而言也坏不到哪里去，她也不关心他们会把她带到哪里。这个绝望的女人指着自己脸上的伤疤，希望能见到血债血偿的那一天。

我们就这样各自倾诉着自己的悲惨遭遇，伊莉莎独自坐在角落，哼着圣歌为孩子们祈祷。缺乏睡眠让我感到疲倦，再也无法抵抗袭来的甜甜睡意，在罗伯特身旁的地板上躺下，不一会便忘了烦恼，一觉睡到天亮。

早上，在古丁的监督下，我们清扫了庭院。洗漱完毕之后，他命令我们卷起铺盖，准备继续赶路。克莱姆·雷被告知说不需要再往前走了，因为某些原因，他们决定把他带回华盛顿。克莱姆非常高兴，我们在里士满的奴隶监狱前握手告别，从此我再也没见过他。但是出乎我意料之外的是，我回家之后得知他从奴役中逃出来了，正在前往加拿大那片自由土地的路上。他在萨拉托加我姐夫的家里寄宿了一晚，还跟我的家人讲述了他和我分开时的地点和情形。

下午，我们两两并肩站着，我和罗伯特站在最前面。博奇和古丁将我们依次赶出庭院，经过里士满的街道，上了奥尔良号帆船。船的体积庞大，装备齐全，主要用于运送烟草。我们在五点之前全都上了船，博奇给我们每人发了一只锡杯和一根调羹。船上有四十多人，除了克莱姆，全都是被关在牢房里的。

我身上还有一把小折刀没被搜刮走，于是用它在锡杯上刻下了自己名字的首字母。其他人立刻围到我身边，请求我也给他们刻一个。我给所有人刻下了名字，他们似乎将此铭记在心。

夜晚，我们全都被藏在货舱里。门闩放了下来，我们被关在里面。我们躺在箱子上，或是地上任何一个够我们铺开毛毯的地方。

博奇把我们送到里士满后就回去了，带着克莱姆折回首都。直到十二年后，也就是去年一月，我才在华盛顿的警察局再次亲眼见到他的脸。

詹姆斯·H.博奇是一个奴隶贩子，将女人和小孩低价买进，然后高价卖出。他是一只吸着人血的蚊虫，在南方也声名狼藉。在下面的故事中，他会暂时消失一段时间，但在结尾时会再次出现——不是作为一个挥着皮鞭的暴徒，而是一名被捕的、在法庭上低声下气等待正义审判的罪人。

05 罗伯特之死

我们全都上船后,奥尔良号向詹姆斯河出发。我们经过切萨皮克湾,在第二天到达了诺福克城市的对面。抛锚停岸后,一艘驳船从镇上向我们驶来,上面载着四个奴隶。弗雷德里克是个十八岁的小伙子,生来就是个奴隶;亨利也是,年龄比弗雷德里克还要大几岁。他们都是这座城市里的家仆。玛利亚是个文雅有礼的黑人女孩儿,表面上精致无瑕,但是内在无知而虚荣。去新奥尔良这个主意让她很高兴,她对自己的魅力非常自满,总摆出了一副傲慢的姿态,向同伴们宣布:一到新奥尔良,相信立刻就会有一名有品位的单身富人把她买下。

但是四个人中最突出的是一个叫作亚瑟的男人。驳船靠近时,他顽强地与看守们挣扎,他们费了好大力气才把亚瑟拽上船。他大声地抗议自己所受到的虐待,要求马上把他释放。他浮肿的脸上布满了伤痕和淤青——事实上,半张脸已经完全没人样了。他们匆匆忙忙地将他拖进货舱口关进了舱内。在他一路挣扎的时候,我大概了解了他的故事,后来,他给我讲述了自己完整的身世。故事是这样的：他原本是一个自由人，是一名石匠，和家人长期定居在诺福克。有天夜里，由于被琐事耽搁，他难得地很晚才下班回家。在他返回城郊的路上，经过一条人迹罕至的街道时被一伙人袭击了，他拼死搏斗直到精疲力竭，最后还是被制服了。他们把他的嘴堵上，将他用绳子捆了起来，然后一顿狂揍，打得他不省人事。他们偷偷地把他在诺福克奴隶监狱——那是一栋很普通的建筑，经常在南方的城市里见到——关了几天，昨晚才把他带了出来，押上了驳船，驾船离岸等候着我们抵达。他自始至终都在反抗，丝毫不愿妥协。然而，他最后还是安静了下来，陷入了忧伤的思索中，似乎是在暗自谋划着什么。他坚毅的脸上浮现出一种铤而走险的神情。

离开诺福克之后，我们的手铐被卸了下来。白天，我们能在甲板上待上一会儿。船长选了罗伯特去伺候他，我被委派去监督伙食部，负责食物和水的发放。我有三个助手：吉姆、卡菲和杰妮。杰妮的工作是准备咖啡，将玉米粉在水壶中烤焦、煮开，再倒入糖浆。吉姆和卡菲则分别负责烤玉米饼和煮培根。

我站在桌前——其实只是一张放在木桶上面的宽木板，切下一薄片肉和一片面包，然后递给大家。杰妮端着水壶为每人倒上一杯咖啡，盘子也发到了每个人手上，他们用黑黝黝的手指代替了刀叉。吉姆和卡菲都一脸严肃，专心地干着活。他们对"第二厨师"的身份颇为得意，觉得自己肩负重任。我则被大家称为"管家"——这个名号还是船长给的。

奴隶们一天吃两顿，十点一顿，五点一顿，食物的种类和数量永远一成不变，吃的方式也是——如上文所述。夜晚，我们又被关进货舱，被牢牢地锁在里面。

后来，一场猛烈的暴风雨袭击了我们，陆地从我们的视线中消失。船剧烈地摇晃起伏，我们真怕它会不会沉下去。有些人开始晕船，有些人则跪下来祈祷，还有一些人紧紧地互相抱着，因为恐惧而动弹不能。囚禁我们的货舱由于人们晕船而变得让人恶心作呕。如果那天悲悯的大海能将我们从那些无情之人的手中夺走，将我们从鞭打的痛苦中拯救出来而不用悲惨地死去，对我们来说该是件高兴的事儿。想到兰道尔和小艾米莉若是就这样沉入深海，比想起他们现在的处境要好受一些。或许，他们仍然没有摆脱毫无回报的苦力生活。

巴哈马海岸进入视野后，我们在一个叫作"旧点罗盘"或是"墙洞"的地方停航了三天。那里几乎没有一丝风，海湾中的水异常发白，像是石灰水。

现在是该讲到那场事故的时候了，一想起这件事，我心中就充满了悔恨。感谢上帝将我从奴隶制的束缚中解脱出来，由于他慈悲的介入，我的双手才没有被鲜血所弄脏。对于那些从未被置于如此境地的人，请不要妄加批判。如果他们也被锁着毒打，如果他们也置身于与我同样的处境——背井离乡，被送往奴役之地，他们还会轻易说即便为了自由他们也不会做出这种事吗？现在已无须揣测，我的行为在上帝和世人面前有多少算得上是正当，只能说在引起更严重的危害之前，这件事能够无害地终结，我该为此感到庆幸。

停航的第一天晚上，我和亚瑟坐在船头的起锚机上，聊着会有什么样的命运等待着我们，然后为彼此的不幸哀悼。亚瑟说，死亡跟我们前方的灾难相比，根本算不了什么。我同意他的说法。我们聊了很久，谈到我们的孩子、过去的生活以及逃跑的可能性。我们还提出了将船抢过来的主意，讨论在这种情况下有没有可能前往纽约港。我对罗盘知之甚少，但是对这一铤而走险的主意煞有兴趣。我们还细究了碰见船员时的各种利弊。谁值得依靠，谁又不值得信任，还有动手的最佳时机和方式，全都被我们反反复复地讨论了一遍。自冒出这样的想法之后，我又开始有了希望。我在脑中反复构想，新的难题接二连三地出现，我们倒是想了些方法解决这些问题。其他人都已入睡，我和亚瑟仍在完善我们的计划。后来，我们小心谨慎地让罗伯特也渐渐熟悉了我们的计划。他立刻就同意了，热忱地给我们出谋划策。我们不敢轻易相信其他奴隶：他们是在恐惧和无知中长大的，难以想象他们在白人面前是如何卑躬屈膝。把如此冒险的秘密托付给他们是危险的，最后我们三人决定独自承担这次行动的风险。

到了夜晚，就如之前所说，我们就会被关进货舱，舱口会被锁上。怎么到甲板上去是我们面临的第一个难题。我观察到有艘小船底朝天放在船头，突然想到如果我们藏在下面，晚上他们匆忙地把奴隶赶回货舱时就不会发现我们从人群中失踪了。为了确认可行性，我被选中去亲身试验一下。第二天晚饭过后，我瞅准时机在小船下面藏了起来。我紧紧地贴在甲板上，周围的动静看得一清二楚，没人察觉到我。他们早上出来后，我又趁没人注意的时候偷偷从藏身之处溜出来——结果完全令人满意。

船长和大副睡在前舱。罗伯特作为侍者，有充足机会进那里观察。我们确认了他们各自卧铺的确切位置。罗伯特还告知我们桌上有两把手枪和一把短刀。厨师睡在甲板上的厨房里——厨房是种带轮的车子，方便移动到有需要的场所。仅有的六名水手，有的睡在水手舱，有的睡在拉在帆缆间的吊床上。

最后，我们全部安排完毕：我和亚瑟打算偷偷潜入船长舱，摸走手枪和短刀，尽快解决船长和大副。罗伯特拿着棍子站在从甲板通往前舱的门前，万一有必要时打退那些水手，等我们赶过来帮忙，之后我们就见机行事。如果这次行动迅速成功，没有遭到什么反抗，舱门也必须被锁上，否则奴隶们会聚集起来。人群纷杂，时间紧迫，要么重获自由，要么丢掉性命。届时，我会坐到陌生的驾驶席上，一路朝北。我们相信，或许会吹来一股幸运的风将我们带往自由的土地。

大副名叫拜迪，船长的名字我现在想不起来了，尽管听过一遍的名字我很少会忘记。船长是位个子矮小的绅士，身姿挺拔，身手敏捷，颇为高傲，俨然就是勇气的化身。如果他现在仍然活着，又碰巧看到了这本书，他就会得知这艘船的航行情况——1841年从里士满出发前往新奥尔良期间的事迹并未记在他的航行日记里。

我们准备万全，焦急地等着行动的时机，但一件预料之外的伤心事挫败了我们的意志——罗伯特病倒了。不久后，我们便得知他得了天花。他的病情持续恶化，在我们到达新奥尔良的四天前过世了。其中一名水手将他用毛毯裹起来缝好，在脚上绑上一块压舱用的石头，然后放在货舱口，用栏杆上的吊索提起来。可怜的罗伯特，他那没有生命的肉体永远地寄身在海湾发白的潮水中。

天花的出现让我们所有人惊慌失措，船长下令用石灰把货舱撒个遍，还做了其他一些预防措施。然而，罗伯特的死和突然而至的疾病让我感到压抑悲伤。我望着茫茫的水面，心情郁郁寡欢。

安葬罗伯特后的第一还是第二天晚上，我倚靠在靠近水手舱的舱口，意志消沉。一名水手温和地问我为什么心情如此低落，他的语调和举止让我重拾了自信，于是我回答说，因为我是个自由人，可是被绑架了。他说碰上这种事，任何人都会心情低落的。他继续问我，直到了解了完整的来龙去脉。他显然对我的表现很感兴趣，并直言不讳地发誓即便粉身碎骨，也会尽其所能地帮助我。我请他帮我弄来笔、墨水还有纸，以便让我写信给我的朋友们。他答应会给我弄到的——但是怎么在不被发现的情况下写信成了一大难题，要是我能在他值班过后，趁着其他水手睡觉时溜进水手舱就能完成这件事。我随即想到了那艘小船。他认为我们离密西西比河口的巴利兹不远了，所以必须赶快写完信件，否则就没机会了。于是，安排好一切之后，我在第二天晚上再次将自己藏进了小船。他的值班在十二点结束，我看到他进了水手舱，约一个小时后，我跟着他进了水手舱。他在一张桌子上打着瞌睡，半睡半醒着，微弱的灯光在桌子上摇曳，上面还有一支笔和一张纸。我一进去，他就起身，示意我坐到他旁边，然后指了指白纸。我把信写给了珊蒂山的亨利·B.诺瑟普，说我被绑架了，现在正在奥尔良号帆船上，开往新奥尔良。我无法猜测船的最终目的地，请他务必采取行动解救我。我将信封好，写上邮寄地址，他读过之后承诺会把信投递给新奥尔良的邮局。我赶紧回到小船藏了起来,早上奴隶们出来散步时,我偷偷地爬了出来,混回他们之间。

我的这位好朋友名叫约翰·曼宁。他在英国出生,是我在甲板上碰到过的最高尚、最慷慨的水手了。他以前住在波士顿,体格高大健美,大约有二十四岁,脸上留着些许痘痕,但是表情殷切。

到达新奥尔良之前,船上的生活单调如一,没有丝毫变化。快靠近码头时,还没等到船靠岸,我就看到曼宁跳上了岸口,一溜烟地进了城。动身时,他回过头意味深长地看了我一眼,以便我明白他这趟跑腿的目的。不一会儿,他便回来了。经过我身边时,他用手肘捅了我一下,眨了眨眼,像是在说:"没问题。"

后来,我得知那封信寄到了珊蒂山。诺瑟普先生走访了一趟奥尔巴尼,把信呈给了苏厄德州长,但信中没有提到我可能身处何方的确切信息,所以当时无法采取措施解救我,只好延迟对我的营救,希望最后能查到我身处的位置。

一到达码头,我们就目睹了一幕愉快而感人的场景。就在曼宁离开船前往邮局的路上时,有两个人突然出现,大声吆喝着亚瑟。亚瑟认出了他们,欣喜若狂。他一下跃过了船的侧栏,拦都拦不住。当他们互相碰面时,亚瑟紧紧地握住了他们的手,久久不愿放下。他们来自诺福克,专程赶来新奥尔良解救他。他们告诉亚瑟,绑架者已经被捕,被关进了诺福克监狱。他们与船长交涉了片刻,然后与欣喜的亚瑟一起离开了。

但是聚集在码头的人群当中,没有一个人认识我,没有一个人关心我,一个都没有。没有熟悉的招呼声,也没有任何一张我见过的脸。不久,亚瑟就能与家人团聚,然后替自己的遭遇讨回公道了。而我呢?唉,我还能见到我的家人吗?内心涌现出一种凄凉的无助感,充斥着绝望与懊悔,只恨自己没有跟罗伯特一同沉入海底。

不久,交易人和收货人都上船了。出现了一个瘦脸的高个男人,他的肤色偏浅,有点驼背,手里拿着一张纸。博奇一伙人——包括我、伊莉莎和孩子们、哈利、丽熙,还有其他在里士满加入我们的人——我们都被移交给了他。这位绅士就是西奥菲勒斯·弗里曼先生,他看了眼手中的纸,叫了声:"普拉特。"没有人应答。他叫了一遍又一遍,仍然没人回应。接着他点了丽熙的名,然后是伊莉莎,再接着是哈利,一直到名单结束。当名字被点到时,每个人都往前走了一步。

"船长,普拉特人呢?"西奥菲勒斯·弗里曼问道。

船长无法回答他,船上的所有人都没对那个名字有所回应。

"那个黑人是谁运送的?"他指着我,再次向船长询问道。

"博奇。"船长答道。

"你就是普拉特——符合我的描述,为什么不站出来?"他愠怒地问我。

我告诉他那不是我的名字,我从来没被这么叫过,但现在知道了,对此没有意见。

"好吧,我会知道你的名字的。"他说,"这样你以后也不会忘了吧?"

顺便说一下,在谩骂方面,西奥菲勒斯·弗里曼跟他的搭档博奇比起来毫不逊色。在船上我被叫作"管家",这倒是第一次我被指名叫作"普拉特"——一个博奇转交给收货人时交代的名字。在船上，我看到一群戴着锁链的奴隶在码头干活。在被赶进弗里曼的奴隶监狱时，我们正好从他们中经过。这座奴隶监狱与里士满的古丁监狱很像，只不过它的庭院不是用砖墙，而是用削尖的木板围起来的。

包括我们在内，监狱里现在至少有五十人。我们把毯子暂放在庭院的其中一间小屋里，点过名吃过饭之后，我们获许在这封闭的庭院里闲逛。到了夜晚，我们裹上毯子躺在了棚屋里、阁楼里或是开阔的庭院里，随我们喜欢。

那晚我很快就合上了双眼，脑中思绪万千。怎么会发生这种事呢？我背井离乡，如畜生般被赶在街道上，戴上锁链遭到无情的毒打，接着扎进了奴隶堆里。我成了一个奴隶？这真的是几个礼拜间发生的事实吗？还是我正在经历一场冗长又悲凉的噩梦？这并不是错觉，浓浓的悲伤溢入我心田。在守夜人的监视中，在熟睡的同伴间，我向上帝伸出了求助之手，祈求他赐福给我们这些可怜的、被遗弃的囚禁之人。全能的天父啊，所有自由之人与奴役之人的上帝，我用破碎的灵魂向您祈求，请赐予我足以承受苦难的力量。我默默祈求，直到晨曦唤醒沉睡之人，迎来又一天的奴役。

06　目睹离别之苦

　　这位亲切仁慈的西奥菲勒斯·弗里曼先生，詹姆斯·H.博奇的合作伙伴及收货人，新奥尔良奴隶监狱的主人，一大早就出门来到了奴隶们之中。偶尔踢一脚老人和妇女，对着年轻的奴隶们挥舞皮鞭，尖锐的撕裂声回荡在他们耳边。很快他们就爬起床，完全清醒了过来。西奥菲勒斯·弗里曼先生勤快地忙活着，准备将他的财产送到拍卖场，无疑是打算在那天做笔大买卖。
　　首先，他要求我们把自己里里外外洗个干净，留胡子的把胡子刮掉。然后发给了我们每人一件新衣服，便宜但是干净。男人戴上帽子，穿上大衣、衬衫、裤子和鞋子，女人穿上印花长裙，用手绢裹住头。然后把我们带进一栋建筑前排的某间大房间里，那房间正好与庭院相连，以便在介绍给顾客前将我们好好训练一番。男人被安排在房间的一边，女人在另一边，分别按身高从高到矮排成一队，艾米莉排在队伍的末尾。弗里曼命令我们记住自己的位置，告诫我们表现得"聪明机灵点儿"——时而威逼，时而利诱。一整天他都在传授我们"怎么看上去聪明点儿"的技术，教我们如何准确地走到自己的位置上。

下午吃过饭后，弗里曼再次令我们列好队，要求我们跳舞。鲍勃——一个黑人男孩儿，他在弗里曼手下做奴隶有一段时间了，他为我们演奏小提琴。我站在他身边，壮了壮胆子问他会不会演奏《弗吉尼亚里尔舞》。他回答说不会，问我会不会。得到我肯定的回答后，他把小提琴递给了我。演奏完毕后，弗里曼命令我继续，他对我似乎非常满意，告诉鲍勃说我比他拉得好多了——这话似乎让我这位音乐伙伴垂头丧气。

第二天，许多买家过来要求检查弗里曼的"新货"。弗里曼相当健谈，对我们身上的几处优点和特质滔滔不绝。他让我们抬起头，精神地来回走几步。顾客们检查着我们的手掌、手臂，还有身体，要我们转一圈，问我们会什么，还要我们张开嘴露出牙齿，简直和骑手交易时检查马匹一模一样。有时他们会把男人女人带进庭院内的小屋，要他们脱掉衣服以便更细致地检查。奴隶背后的疤痕会被认为是反抗和不服管教的标志，会影响交易。

有位老先生似乎对我喜爱有加，他说他想要一名车夫。从他和弗里曼的对话中，我得知他居住在市区，我非常希望他能买下我，因为我觉得从一艘北方的船上逃出新奥尔良应该不难。弗里曼向他开价一千五百美元，老先生坚持说这太贵了，而且现在经济不太景气。然而弗里曼声称我健康结实，老实听话，还很聪明。他夸大了我在音乐上的造诣。那位老先生精明地辩论说这黑人身上没什么特别的。很遗憾，最后他出去了，临走时说他还会回来的。然而，弗里曼在这一天依旧成了好几笔交易。大卫和卡洛琳一起被一位纳齐兹的种植园主买了下来，离开时，他们咧嘴大笑，愉悦至极，因为他们不用被分开了。丽熙被卖给了巴吞鲁日的一位种植园主，被带走时，她眼里闪烁着怒火。

这个人还买下了兰道尔。小家伙被要求跳了几下，又跑了几个来回，还表演了其他本领，以便展示他的活力和身体条件。交易进行期间，伊莉莎始终大声哭泣着，拧着双手，央求他不要买下她的孩子，除非同时买下她和艾米莉。她承诺如果他那样做了，在有生之年她都会做他最忠实的奴仆。这位种植园主回答说承担不了那价格，于是伊莉莎失声痛哭，悲伤万分。弗里曼凶狠地走向她，举着鞭子，命令她停止哭闹，否则就抽她。他不允许哭哭啼啼这种事发生，除非她立刻停下，否则就把她拖到庭院里，给她几百鞭。弗里曼立刻呵斥住了她的失态，如果不这么做，他就完了。伊莉莎畏畏缩缩，拼命抹掉眼泪，但也只是徒劳。她说，在她仅剩无几的生命里，她只想和她的孩子们在一起。弗里曼的不满和威胁都没有使这位保守多难的母亲完全安静下来，她不停地哀求祈求，要他们别把他们三个分开，可怜至极。她一遍遍地述说她有多爱她的儿子，无数次重复她的诺言——她会有多忠实顺从，日日夜夜多努力地干活，直到她生命的最后一刻，只要买主把他们一同买下。可这依然是白费力气，买主承担不了价格。最后交易还是达成了，兰道尔必须独自离开。于是伊莉莎奔向他，热情地拥抱着他，一遍遍地亲吻，告诉他别把她忘了。泪水打在男孩儿脸上，犹如雨水。

弗里曼咒骂着她，说她是一个哭哭啼啼、又打又闹的娘们儿，命令她回到自己的位置，放规矩点，有点人样。他誓称哪怕一秒也不会再忍受这破事儿了。如果她再不注意点儿，他马上就让她哭个痛快，全看她表现。

那位来自巴吞鲁日的种植园主带着他新买的奴隶准备离开。

"别哭了，妈妈。我会乖乖的，别哭了。"出门时，兰道尔回过头说。

天晓得那孩子后来怎么了，这真是痛人心扉的一幕。如果我有胆的话，我早就流泪了。

那天晚上，几乎所有从奥尔良号下来的人都病倒了。他们埋怨着脑袋和后背的剧痛；小艾米莉表现得极不寻常，在不停地哭闹。第二天早上来了一名医生，但无法根据我们的症状确诊。检查到我时，他问了我几个有关我病状的问题，我说出了自己的看法：可能是天花感染，有罗伯特的死佐证。他认为或许确实如我所说，他会请医院的主治医生过来。很快，主治医生就来了，他身材矮小，发色偏浅，他们称为卡尔医生。他宣布是天花，整个庭院立刻陷入了恐慌。卡尔医生离开后不久，我、伊莉莎、艾米莉还有哈利被赶进了一辆马车，向着郊外的医院驶去。那医院是一栋宏伟的白色大理石建筑，我和哈利被安排在了上层的一个房间。我病得很严重，眼睛整整失明了三天，就那么躺着。一天，鲍勃进来对卡尔医生说，弗里曼要他过来问问我们的近况。医生则让鲍勃告诉他，普拉特非常糟，但是如果能撑到九点或许还能康复。

我期盼着死亡。尽管就前景而言没什么值得我为之存活的，但愈渐接近的死亡仍使我感到惊骇。我想过在家人的怀抱中结束自己的生命，但是在这种情况下，在一群陌生人中间咽气，该有多么苦闷。

医院里有许多病人，男女老少都有。医院的后面就制造着棺材，只要人一死，丧钟就会鸣起。听到这一信号，殡仪员就会过来将尸体运到墓园。每天每夜，丧钟都会发出好多次凄凉的鸣响，宣布着某人的死亡。但是我的死期还未到。危险期过去了，我开始恢复。在两个星期又两天之后，我和哈利回到了奴隶监狱，脸上还留着天花留下的斑痕，直到今天它仍然没有褪去。伊莉莎和艾米莉第二天也被一辆马车送回来了，我们再次进入拍卖场的队列，面对买家的检查和考验。我仍然怀揣着那位找车夫的老先生会回来的希望，如他承诺的那样将我买下。若是那样，我坚信我不久就能重获自由。顾客络绎不绝地前来，但是那位老先生再也没有出现。

后来有一天，我们正待在庭院里，弗里曼走了出来，命令我们到大房间里站好位置。我们进去时有一位先生正等着我们，因为在接下来的故事中会多次提到他，所以他的相貌、大致的性格、我的第一印象，都有必要描述一下。

他的个子中等偏高，有点驼背，弯着腰，长相俊美，似乎已是人到中年。他的出场并不令人反感，换句话说，他的面庞和语调恰有几分迷人的魅力。如眼所见，他抬起胸口，优雅特质尽显。他在我们之间走动，问了我们许多问题，比如我们会什么，习惯干些什么活，愿不愿意同他一起生活，如果买下我们会不会听话，还有一些性格方面的问题。

在做了深入的检查和讲价之后，他最后向弗里曼开出一千美元买下我，九百美元买下哈利，七百美元买下伊莉莎。不知是不是天花，还是其他什么原因贬低了我们的身价，弗里曼在我原来的价格上降低了五百美元。不管怎样,在一番精打细算之后,他宣布接受这个开价。

伊莉莎一听到这个消息,再次陷入了悲痛。由于疾病和哀伤,此时的她面容憔悴,眼窝凹陷。如果我能对接下来的场景始终报以沉默与忽略,那对我也是一大慰藉。回忆起那一幕幕场景,任何言语都无法描述它是多么悲哀与令人痛心。我目睹过母亲最后一次亲吻着死去的孩子的脸颊,我目睹过她们俯视着墓地,泥土落在棺材上发出沉闷的声响,将孩子们永远地从她们眼中埋葬。但我从来没见过像伊莉莎与她的孩子分别时,那强烈的、无边无际的悲伤。她突然从女奴的队列里挣脱出来,冲向艾米莉的位置,抓住她的手臂。那孩子察觉出了将至的危险,本能地伸出双手紧紧抱住她母亲的脖子,小小的脑袋依偎在她的胸部。弗里曼厉声命令她安静下来,但她置若罔闻。他抓住她的一条胳膊,粗鲁地把她拽到一边,但却让他把孩子抱得更紧了。他连番地大声咒骂,无情地向她挥起了拳头。她跌跌撞撞地往后退,都快要摔倒了。哦!她不断地哀求祈祷他们不要分开她们母女,多可怜啊。为什么买主就不能将她们一起买下呢?为什么就不能给她留下一个孩子呢?"求求你,求求你,主人!"她跪着哭喊道,"拜托,主人,买下艾米莉,如果把她从我身边带走,我就再也干不了活了,我会死的。"

弗里曼又过来妨碍,但是伊莉莎无视了他,仍然殷切地恳求,说兰道尔是怎么从她身边被带走的,她永远都见不到他了,现在这一切都太糟糕了。哦,上帝!糟透了!把她从艾米莉身边带走这太残酷了!她的骄傲,唯一的、亲爱的孩子,她太小了,没有母亲会活不下去的!

最后,在伊莉莎一遍遍苦求之后,她的买主被打动了,向前一步对弗里曼说他想买下艾米莉,问她的价格是多少。

"她的价格是多少?买她?"西奥菲勒斯·弗里曼反问道。他立刻给出了自己的答案:"我不会卖她的,她是非卖品。"

那人强调他并不需要这么小的奴隶,这对他也没有好处,但既然她的母亲如此爱护她,比起眼睁睁看着他们分开,他宁愿付一笔合理的价钱。对这一人性的提议,弗里曼像是聋了一样,无论出什么价,他都不会卖掉她。他说,等她再大个几岁,能在她身上赚大把大把的钱。新奥尔良有够多的男人愿意出五千美元买下艾米莉这个端庄美艳的情妇。不,不,他现在是不会卖掉她的。她是一个美人,犹如一幅画、一个娃娃。她有着常人的血统,不像你们这些厚嘴唇、子弹头、只会摘棉花的黑鬼。如果她跟你们一样,他不如去死。

伊莉莎听到弗里曼不会卖掉艾米莉的决定,完全地失控了。

"没有她,我是不会走的!他们不能将她从我身边夺走!"她简直是在尖叫,尖叫声中混入了弗里曼命令她安静下来的怒吼。

与此同时,我和哈利去庭院拿了毯子回来,然后站在门前准备离开。买主站在我们身边,他盯着伊莉莎,表情间流露出悔意,买下她让她付出了如此伤痛的代价。我们等了一会儿,最后弗里曼失去了耐心,强行把艾米莉从她母亲那里分开,母女二人竭尽全力紧紧相拥。

"别离开我,妈妈!别离开我!"孩子尖叫道,她的母亲被粗暴地往后拖走。"别离开我!回来,妈妈!"她仍然哭喊道,哀求着伸出她细小的胳膊，但是怎么哭闹都无济于事。我们被匆匆赶出了门，走上了街道，呼唤母亲的叫声依然在我们耳边环绕："回来——别离开我——回来，妈妈——"直到她稚嫩的嗓音变得越来越微弱，越来越微弱，随着距离拉远渐渐消逝，最后完全听不见了。

伊莉莎从此再也没见到艾米莉和兰道尔，连他们的消息都没听到过。然而不论白天黑夜，他们从未从她的记忆中消失。在棉花地里，在小木屋里，每时每地，她都会谈起孩子们——对着他们说话，好像他们真的在场一样。只有入睡或是沉浸在那种幻想中时，她才能得到片刻的安慰。

正如之前所说，她不是一个普通的奴隶。因为天生聪颖过人，再加上对大多数事物的见识和了解，她享有过这个被压迫的阶层很少能攀附到的机会，过着较高水准的生活。自由——她的自由以及她子女的自由，多年来一直是她白天里的祥云、黑夜中的火柱。她在被奴役的荒芜旅程中一路朝拜，双眼紧盯着燃起希望的灯塔，最后终于登上了毗斯迦山[①]顶，看见了乐土。可突如其来的残酷现实却让她陷入了失望与绝境——自由的曙光自她眼前消散，她被人带走铐上了枷锁。此后，"她长夜恸哭，泪流满面；她的朋友都对她以讹相待，一个个都成了她的仇敌。"

[①] 毗斯迦山（Pisgah），位于约旦河东，《圣经》记载摩西从此山眺望上帝赐给亚伯拉罕的迦南地方。

07　第一位主人

离开新奥尔良奴隶监狱，我和哈利跟着我们的新主人走上了街道。伊莉莎哭喊着要回去，弗里曼和他的手下一路押送着她，直到我们登上了蒸汽船鲁道夫号。停靠在码头大约半个小时后，我们轻快地沿着密西西比河行驶，开往红河上的某个目的地。除了我们之外，船上还有很多奴隶，都是在新奥尔良的奴隶市场买下来的。我记得有位叫凯尔索的先生，声称自己是一位出名的大植物园主，他买下了一群女奴。

我们的主人叫威廉·福特，当时住在阿沃耶尔县的大松树林，位于红河右岸，路易斯安那州的中心。现在他是一名浸信会牧师，在整个阿沃耶尔县，特别是贝夫河两岸声名显赫，当地的市民都敬仰他为上帝的代言人。或许在许多北方人眼里，一个人将他的同胞当作奴仆进行人肉交易的行为，与他们的道德观和宗教观完全相悖。对博奇、弗里曼以及其他下文将提及的人的描述会导致对整个奴隶主阶级不加辨别的鄙夷与憎恶。但我曾做过福特先生的奴隶，十分了解他的性格与气质——我可以公正地说，我从来没见过像威廉·福特那样和蔼、高尚、正直的基督徒。周围环境的影响使他看不到奴隶制度根基上的本质错误，他从不怀疑一个人支配在他者之上的道德权利，他生活在和自己祖辈们相同的环境中，看待事物的眼光也相同。如果是在另一种环境和影响下长大，他的观念无疑会变得有所不同。尽管如此，他仍是一位模范主人，按照他自己的认知习惯端正行事。能成为他的奴隶是幸运的，要是所有人都跟他一样，奴隶制就远远不会如此残酷。

我们在鲁道夫号上待了两天三夜，这期间内没有特别的趣事发生。我现在被称为普拉特——博奇给了我这个名字，它跟随了我整个奴隶生涯。伊莉莎是以"德拉黛"的名字卖掉的，在转卖给福特时变得众人皆知，现在已被新奥尔良的档案室记录在案。

一路上，我时常思索自己的处境，暗中计划自己极限逃亡的最佳路线。有几次——不仅是当时，还有之后的日子——我几乎要把自己的真实经历对福特全盘托出。现在想想，那么做或许会对我有所裨益。逃跑计划经常在我脑中徘徊，但出于对失败的恐惧，它们从来没有被付诸实施，直到威廉·福特在经济上面临窘迫，最后将我转让。后来我辗转到了其他奴隶主手下，他们不像威廉·福特，我很清楚，要是我的真实性格被他们知道个一丁半点儿，就会立刻被打入到奴隶制的最底层。我身价高昂，得不偿失。我十分清楚即便我小声谈及我的自由权，若是败露了就会被发配到更远的地方，或许越过德克萨斯州的边境然后被卖掉，像小偷处理盗来的马匹一样被解决掉。所以我决定将这个秘密封存在我心中——关于我是谁，做过什么，绝不吐露半个字。我将被解救的希望寄托于天意以及自己的才智。

最后我们在一个叫作亚历山德里亚的地方离开鲁道夫号，那里距新奥尔良有几百英里远，是一个位于红河南岸的小镇。在那里过了一夜之后，我们赶上了早班火车，不久就到了拉穆里河——一个离亚历山德里十八英里远的小地方，铁路也在那里终止。福特的种植园位于德克萨斯公路上，距离拉穆里十二英里，就在大松树林里。我们被告知接下来的这段距离必须得靠步行前往，前方已经没有可乘的交通工具了。因此，我们都随着福特上路了。天气酷热，我和哈利及伊莉莎仍然十分虚弱。因为天花的后遗症，我们的脚步疲软无力，只能缓慢前进。福特吩咐我们别着急，只要我们需要，随时都能坐下休息。我们充分利用了这种优待，屡次停下歇脚。离开拉穆里后，我们又经过了两片种植园，一片属于卡奈尔先生，另一片属于弗林特先生，最后到达了松树林这片延伸至萨宾河的荒地。

红河四周的土地低洼潮湿，他们口中的松树林相对位于高地，然而不断有小溪流经。高地上覆盖着大片树林——白橡树、矮果树、栗子树，但最主要的还是黄松树。树木异常高大，有六十英尺高，笔直挺拔。林中都是牛群，羞怯而野蛮，我们一靠近，它们就大声哞叫，成群结队地蹿开。有些牛身上做了标记，其他的似乎还是野生状态，未经驯化。比起北方的家牛，它们的体型要小得多。最让我引以为意的还数它们的犄角：从头的两侧突出，笔直得犹如两根铁钉。

中午，我们到了一片三四英亩大的空地，那里有间未经粉刷的小木屋、一间玉米仓库——我们称其为粮仓，还有一间木制厨房,离木屋约有一杆的距离。这就是马丁先生的夏日居所。在贝夫河附近拥有大片土地的富有种植园主们,经常会在暖季来到这片树林打发时间,这里有清澈的水源和宜人的树荫。事实上,这些避暑胜地对于那里的种植园主来说,相当于纽波特和萨拉托加之于北方城市的富有居民。

我们被分派到了厨房,分发的食物有甘薯、玉米饼和培根。福特主人和马丁在屋里用餐。房屋附近还有几个奴隶,马丁出来看了我们一眼,问福特我们的价格是多少,是不是生手等等,还询问了有关奴隶市场的问题。

充分休息后我们再次上路,沿着鲜有人至的德克萨斯公路继续前进。穿过连绵的树林又走了五英里,仍然没有见到一户人家。一直走到太阳西沉,我们又来到了另一片空地,大约有十二到十五英亩。

一座比马丁先生的居所还大的宅邸坐落在空地上,两层楼高,前面是一个露天广场。房屋后面有一间木制厨房、一间禽舍、一间玉米仓库,还有几间奴隶棚屋。旁边是一片桃园以及一片种满了橘树与石榴树的园子。这里完全被树林包围,葱郁繁盛的绿草地装饰了这里的泥土。真是个安静怡人的偏僻之地,像是荒野里的一片绿洲。这里就是我的主人,威廉·福特的居所。

我们走向前,一个黄种女孩儿站在广场上,她的名字叫罗斯。她进了门,呼唤她的女主人,不久女主人就出来迎接她的丈夫了。她给了他一个吻,笑着问这些黑奴是不是他买下来的。福特说是的,然后让我们到莎莉的小屋那边走走,歇一会儿。走到房子的拐角处时,我们发现了正在洗衣服的莎莉。她的两个孩子在她身旁，在草地上翻滚打闹。他们跳起身，向我们蹒跚而来，像对兔子般打量了我们一会儿，然后又胆怯地跑回到他们妈妈那里。

莎莉将我们领进了小屋，告诉我们放下包裹坐一会儿，她确定我们都累了。然后厨师约翰跑进来了，他是一名约十六岁的男孩儿，长得比乌鸦还黑。他盯着我们的脸，然后转过身跑进了厨房，连一句"你好"都没说，只是大声笑着，仿佛我们的到来就是一个天大的笑话。

旅途疲惫，天一黑，我和哈利就裹进了毯子，躺在了小屋的地板上。我的思绪同往常一样，飘到了妻子和孩子那里。我意识到了自己真实的处境，从阿沃耶尔这片广袤的森林中逃出去的希望渺茫。我感到压抑，心却已经回到了萨拉托加的家里。

一大早，我被福特主人呼喊罗斯的声音吵醒了。他赶紧跑进屋里给孩子们穿好衣服，莎莉去了牧场给奶牛挤奶，约翰在厨房里忙着准备早餐。此时，我和哈利在庭院里闲逛，熟悉我们的新住处。早饭过后，一个黑人驾着三头牛来到了空地，牛车上载满了木材。他也是福特的奴隶，名叫沃顿，也是罗斯的丈夫。顺便说一下，罗斯是土生土长的华盛顿人，五年前在华盛顿被买下。她从没见过伊莉莎，但是听说过贝里，她们认识同样的街道、同样的人，有的是私交，有的是听闻。她们立刻成了好友，一起聊着昔日的时光和曾经的朋友。

福特那时相当富有。除了松树林的宅邸，他还在四英里外的印第安河拥有一家大木材厂。此外在贝夫河，他妻子名下还拥有一片大种植园和众多奴隶。

沃顿载着满车的木材从印第安河的伐木场远道而来，福特令我们同他一起回去，说他会尽快跟上我们。离开前，福特女主人将我叫进储藏室，给了我和哈利一罐他们所谓的"糖蜜"。

伊莉莎依然绞着双手，哀叹着失去的孩子。福特尽其所能地安慰她，告诉她无须太努力地工作，她可以跟罗斯待在一起，帮助女主人处理家务。

和沃顿一起坐上牛车，在前往印第安河的长途中，我与哈利便和他熟悉了起来。他天生就是福特家的奴隶，谈起福特时充满了和善与爱戴之情，像是一个孩子在谈论自己的父亲。他询问我是从哪儿来的，我告诉他我来自华盛顿。他从他妻子罗斯口中听说过不少关于华盛顿的事儿，一路上问了我一大堆夸张可笑的问题。

到达印第安河的伐木场后，我们又认识了福特的另两个奴隶：山姆和安东尼。山姆也是个华盛顿人，是跟罗斯一同被带过来的。他曾在乔治城附近的一家农场工作。安东尼是一名铁匠，来自肯塔基州，已经为他现在的主人服务了十年左右。山姆知道博奇，当得知他就是把我从华盛顿送来的贩子时，和我一起强烈控诉了他的无赖行径。他也是被博奇卖掉的。

福特到达伐木场后，我们便干起了活，又堆木材又砍木头，整个夏天我们都在做这工作。

安息日，我们通常会在空地上度过，主人会把奴隶们召集到他身边，给他们朗读并诠释《圣经》。他试图向我们灌输人与人之间的友善之情，以及对上帝的信仰，许诺对正直虔诚之人给予奖赏。他坐在房门口，身边被男仆女仆包围，大家都诚挚地看着这个大善人的脸。他讲了造物主的慈爱,以及日后的生活。祈祷之声从他的嘴唇一直飘到天堂,打破了这片隐居之地的宁静。

夏日期间,山姆变得极为虔诚,完全将自己的内心寄托给了宗教。他的女主人给了他一本《圣经》,他甚至连工作时都带着它,一有空闲就开始细读——尽管对他而言,熟读任何一部分都是困难重重。我经常读给他听,对我的帮忙,他总是回报以感激之词。山姆的虔诚表现经常被来到伐木场的白人看到,这激起了他们的怨言,大致是:像福特这样的奴隶主,居然允许奴隶持有《圣经》,简直不配拥有黑奴。

然而他并没有失掉自己的慷慨。事实上,我不止一次地观察到那些对奴隶们宽容相待的人,会被报以最辛勤的劳动。我以亲身经历证明这一点:付出超过每天所需工作量的辛勤劳动给福特主人惊喜是一件乐事,而在之后的主人那里,从来没有对劳作的激励,只有监工的鞭子。

正是因为想听到福特的赞许声,我想出一个让他获利的主意。我们生产的木材按照规定是要运往拉穆里的,迄今为止都是依靠陆路运输,这是一笔高昂的开支。伐木场就位于印第安河附近,溪流通往贝夫河,窄小但是水很深。某些地方不超过十二英尺宽,树干阻碍其间。贝夫河和拉穆里河相连,我调查了从伐木场到拉穆里河的距离,通过水路抵达木材的收货点比起陆路运输要少走好几英里。既然木筏可以通过这条溪流,我突然想到运输费可以由此大大减少。

亚当·泰德姆是一个矮小的白人,曾在佛罗里达当过兵,后来来到这个偏远地区,成了伐木场的工头和主管。他对这个主意嗤之以鼻，但是当我向福特提议时却得到了他的赞成，他允许我试一试。

清除掉阻碍物后，我用十二根木条造了一条长筏。在这活儿上我自认为还是相当熟练的，多年前在香普兰运河上的经验尚未忘却。我努力干活，急切地渴望成功，既是想取悦我的主人，也是想向亚当·泰德姆证明我的计划并不是像他一直说的那样是痴人说梦。一只手就能操纵三根木条，我控制着前面三根，撑杆下了河。我们按时进入了第一条支流，最后用了比预期更少的时间到达了目的地。

木筏一到达拉穆里就造成了轰动，福特先生对我赞不绝口。到处我都能听到这样的夸奖，什么福特家的普拉特是"松树林最聪明的黑人"——事实上我是印第安河的富尔顿[①]。我对这些夸奖并不是毫不在乎，反而很享受，特别是赢了泰德姆——他那恶意的嘲弄挫伤了我的自尊。这之后，将木材运往拉穆里的全部工作都转交到了我手上，一直到合同结束。

印第安河全程流经一片繁茂的森林，住在河岸附近的是印第安人的一个部落，如果我没记错的话，是契卡索人还是奇科皮人的后裔。他们住在简陋的小屋里，只有十到十二个平方，由松树干筑成，覆盖着树皮。他们主要以鹿肉、浣熊肉和负鼠肉为食，在树林中随处可见。有时候他们会用鹿肉与河湾上的种植园主交换玉米和威士忌。他们平常穿的是鹿皮裤和棉布打猎装，色彩艳丽，扣子从下巴扣到腰带，手腕上、耳朵上和鼻子上都戴着

[①] 富尔顿（Fulton），美国著名发明家。

铜环。印第安女子的穿着也非常相似。他们喜欢狗和马，饲养着许多健壮的小马驹，个个都是骑马能手。笼头、肚带和马鞍都是由野兽皮制成的，马镫由某种木头制作。无论男人和女人，一登上马驹就飞速蹿进了树林，穿过羊肠小道并避开树枝，即便是最高超的现代马术，与之相比也黯然失色。东跑西窜，嗡哨声在森林中回响，不一会儿，他们又精力充沛地回来了，与他们出发时同样轻快。他们的村落分布在印第安河上，被称作印第安堡，范围一直延伸至萨宾河。从德克萨斯来的部落偶尔会过来拜访，于是大松树林便成了他们的狂欢胜地。部落的首领名叫卡斯卡拉，二当家是约翰·巴尔蒂斯，也是首领的女婿。由于频繁地坐筏渡河，我和他们以及部落里的许多人渐渐相熟。我和山姆经常会在一天的工作完成后拜访他们，他们对首领很顺从，卡斯卡拉的话就是他们的法律。他们粗鲁但无害，享受野性生活。他们对河湾两岸的田野和空地并无多大兴趣，更喜欢将自己隐藏在森林的阴影里。他们崇尚大神，热爱威士忌，过着快乐的生活。

有一次，一队来自德克萨斯的人马在他们的村庄扎营，我出席了他们的舞会。一整头鹿被架在篝火上烤着，火光远远地投来光芒，照亮了他们聚会的树林。他们男女交替地围成一圈，一种印第安小提琴奏起了难以形容的曲调，曲声连绵不断，悠扬起伏，少有变调。第一个音符响起——如果整首曲子有超过一个音符的话，他们围成一圈，一个跟一个地开始小跑，喉咙里发出似乎在唱歌般的声响，与小提琴的乐声一样无法形容。跑完第三圈后，他们突然停下，撕心裂肺地呼喊，然后散开，男女一对，尽量从对方面前向后跳远，接着跳进，这一优雅的表演重复了两三次后结束。他们又围成一个圈,开始小跑。喊得最响跳得最远,发出最痛苦噪音的人会被认为是最好的舞者。活动间隙,有几个人会离开圈子到篝火边切下一片烤鹿肉吃。

有棵树倒着,他们在树干上凿了一个臼形空,然后用一根木槌在里面捣烂玉米,做成玉米饼。时而跳舞,时而吃喝,黑黝黝的奇科皮儿女们就是这么招待德克萨斯的来客的。这些就是我目睹的一场在阿沃耶尔松树林的印第安舞会。

我在秋天离开了伐木场,到空地上工作。一天,女主人正在怂恿福特买一架织布机,这样莎莉就能为奴隶们纺织冬衣。他不知道上哪儿去弄一台织布机,我提议说最简单的方法就是造一台出来,同时告诉他我算是一名"万金油",可以允许我一试。福特毫不犹豫地答应了,在开始动工前,他还允许我去隔壁的种植园主那里观察观察。机器完成后,莎莉说它很完美,她能轻松地织出十四码布,给奶牛挤奶,每天还能省出点儿空暇时间。织布机运作良好,于是我继续着制造织布机的工作,这些机器都被运到了河湾附近的种植园。

此时,有个叫约翰·M.提毕兹的木匠来到空地,来为主人修缮房子。福特吩咐我放下织布机的活儿协助他工作,我随他干了两个礼拜,设计并为天花板配上合适的木板。一间水泥房在阿沃耶尔县可算是稀罕物。

从各方面看,约翰·M.提毕兹与福特截然相反,他是个矮小、暴躁、刻薄的急性子。我没听说过他有固定的居所,只要能找到工作就从一个种植园搬到另一个。他没什么社会地位,无论是白人还是奴隶都不怎么待见他。他无知而且小心眼儿,在我之前很早就离开了这里，我也不知道他现在是活是死。可以肯定的是，把我们凑到一起的那天对我来说真是不幸至极。在我与福特主人一同生活期间，我看到的都是奴隶制光明的一面。他没有用严酷的手腕将我们贬得一文不值，而是指着上苍，用温暖激励的言语将我们称为他的同胞，与他一样都是造物主的信徒。我对他感情深厚，若是家人在我身边，我也会毫无怨言地全天为他服务。但是乌云正在地平线上聚集，预示着一场无情的风暴即将向我袭来。我注定要忍受只有悲惨的奴隶才能体会的苦难，再也无法在大松树林里过着相对快乐的生活。

08　与提毕兹的第一战

威廉·福特不幸在财政上变得窘迫，他那位住在亚历山德里亚红河的兄弟富兰克林·福特由于还不清债务，牵累到了作为担保人的福特，法庭判决下来，庞大的债务落到了他身上。此外，因为约翰·M.提毕兹为他在印第安河上建造伐木场，在贝夫河的种植园内造织布房、玉米磨坊等其他尚未完成的工程，福特还欠了他一大笔钱。因此为了偿还债务，他必须卖掉十八名奴隶，我就是其中之一。其他十七名中包括山姆和哈利，他们被一位住在红河的种植园主彼得·康普顿买下。

由于我懂一点木匠活，结果毫无疑问，我被卖给了提毕兹，这件事发生在1842年的冬天。回乡后，我从新奥尔良的公共记录里查到，自己被弗里曼卖给福特的确切日期是在1841年6月23日。和提毕兹做交易时，双方同意将我的成交价抬到高于债务的价格，福特持有四百美元的动产抵押。我为此终身感激，之后会提到抵押的事情。

我告别了空地上的好友，同我的新主人提毕兹一起离开了。

我们去了贝夫河的种植园继续履行未结束的合约,那里离松树林有二十七英里远。贝夫河的溪流蜿蜒慵懒,是该地区常见的死水之一,就位于红河边上。它源于离亚历山德里亚不远的某个地方,流向东南方,蜿蜒曲折,全长超过五十英里。河两岸分别是大片的棉花地和糖料种植园,延伸至漫无边际的沼泽地。短吻鳄栖息其中,对猪禽和粗心大意在河边散步的奴隶小孩儿来说是一大威胁。福特夫人的种植园就位于离切尼维尔不远的这道河湾上——她的兄弟彼得·特纳,就住在河对岸,是一位大地主。

到达贝夫河之后,我很高兴见到了几个月没见的伊莉莎。因为过于沉浸在悲伤中而无法专心工作,福特夫人对她很不满意,于是把她送到了植物园工作。她变得愈发虚弱憔悴,仍然在为孩子们感到忧伤。她问我有没有忘记他们,无数次问我还记不记得小艾米莉有多可爱漂亮,兰道尔有多么爱她,她想知道他们是不是还活着,她的宝贝们现在会在哪儿。过度的悲伤使伊莉莎不断消瘦,佝偻的身形和深陷的面颊都明显暗示着她即将走到这场疲惫之旅的终点。

这片种植园的监工是一位叫查宾的先生,这位全权负责人是个心地善良的宾夕法尼亚人。同别人一样,他也瞧不起提毕兹,加上那四百美元的抵押,这两点对我来说是一件幸事。

现在我被迫拼命地劳作,从天蒙蒙亮一直干到深夜,连喘口气的时间都没有。尽管如此,提毕兹仍不满意,他不停地责骂抱怨,吐不出一句好话。我是他可靠的奴隶,每天都给他挣不少钱,然而深夜回到小屋时,仍会被他骂得狗血淋头。

我们完成了玉米磨坊和厨房等等工程,正在建造织布房。当时我犯下了一件在州里足以被判死刑的行为——我与提毕兹发生了第一次争吵。我们造的织布房坐落于果园,离查宾的居所——被称为"大屋"的房子——只有几杆的距离。某天晚上,我一直工作到不见五指的深夜,提毕兹命令我第二天一大早就起床,去查宾那取一桶钉子,然后着手钉护壁板。我疲惫不堪地回到小屋,做了培根和玉米饼作为晚饭,然后跟同住在小屋的伊莉莎聊了一会儿;罗森和他的妻子玛丽也住在这间小屋,还有一个名叫布里斯托的奴隶。我躺到地板上,一点也没想到翌日正等着我的磨难。天亮前,我在"大屋"的广场上等待监工查宾出现。把他从睡梦中叫醒说明自己的差事是一种莫大的冒失,他终于出门了。我摘下了帽子,告诉他提毕兹主人吩咐我到这儿来拿一桶钉子。他去了储藏室,滚了一桶钉子出来,同时说,如果提毕兹喜欢另一种尺寸,他也会尽量提供的,但在我收到另外的吩咐之前还是先用这些,然后就跨上门前已经套上马鞍和笼头的马驹,往地里骑远了。奴隶早就在地里干活了。我把桶扛到肩上,去了织布房,然后把桶盖砸开,开始钉护壁板。

天渐渐明朗,提毕兹走出屋子来到织布房,我正在努力干活。那天早上,他似乎比平时更暴躁不安。他是我的主人,法律将我的血与肉赋予了他,恶劣的天性促使他对我施以暴政。但法律无法禁止我向他投以轻蔑的目光,我鄙视他的粗暴和无知。他来到织布房时,我正要出门再去搬一桶钉子。

"我想我早就吩咐过你今早要开始装挡雨板。"他说道。

"是的,主人,我正在做。"我答道。

"哪儿呢?"他问。

"在另一边。"我回答。

他走到屋子的另一边,检查了一会儿我的工作,然后找茬地咕哝道:

"我昨晚是不是跟你说了到查宾那儿拿桶钉子?"他再次爆发。

"是的,主人,我拿了。监工说如果你需要,等他从地里回来,他会给你准备另一种尺寸的。"

提毕兹走到桶前,看了一眼里面的东西,然后粗暴地踢了一脚。他怒气冲冲地走向我,吼道:"你这个该死的!我还以为你懂的。"

我答道:"我尽量照你吩咐的办了,主人。我并不是有意做错的,监工说……"没等我说完,他就用连续不断的咒骂打断了我,然后朝屋子跑去,到广场上取来一根监工的鞭子。鞭子上有一段短短的木柄,外面用皮革包裹,绑在木柄末端上。皮鞭大约有三英尺长,由一条条生皮制成。

一开始我有些害怕,有股逃跑的冲动。这里除了蕾切尔、厨师、查宾的老婆之外没有其他人,而他们我一个都没看到。其他人都下地去了,我知道他准备鞭打我,这也是我到阿沃耶尔之后第一次有人想这么做。而且,我自认为一直很忠心,没犯任何错误,理应受到赞扬而不是惩罚。我的恐惧变成了愤怒,在他接近我之前,我下定决心不让他抽到我,管他结果是生是死。

他把皮鞭绕到手上,握紧了木柄的末端朝我走来。他恶狠狠地盯着我,命令我脱去衣服。

"提毕兹主人,"我明目张胆地看着他的脸说,"我不会脱的。"我准备再说些什么为自己辩护,但是他报复心切,猛地扑了过来,一手抓住了我的喉咙,另一只手举起鞭子便要向我抽打。然而在他抽下来之前,我抓住了他的衣领将他抓到我面前。我伸下手,抓住他的脚踝,另一只手推了他一把。他一下摔倒在地上。然后我用胳膊抱住他的腿,掰到胸前,这样他的头和肩只能紧紧地贴在地面。我把脚踩到他的脖子上,他完全被我的力量压倒。我热血沸腾,血管像是烧了起来。发疯失控下,我从他手中夺过了鞭子。他全力挣扎,咒骂着说我不会活着看到明天了,他会把我的心脏都挖出来撕烂。但是他的挣扎与威胁都徒劳无用,我说不清扁了他多少下,鞭子一下又一下又狠又快地落在他扭动的身体上。他尖叫着"杀人啦",这个满口脏话的暴徒最后只能乞求上天大发慈悲。但是这个没有仁慈之心的人是不配得到怜悯的,鞭子的硬木柄环绕在他蜷缩的身体上,直到我的右手开始发痛。

到此时为止,我都无暇顾及四周。停下片刻后,我看到查宾太太正在窗外看着,蕾切尔站在厨房门口,她们的表情显得激动不安而又充满警惕,提毕兹的叫喊传到了地里。查宾尽快地骑马赶了过来,我又揍了他一两下,然后把他从我身前推开,精准地踢了他一脚。他在地上打了几个滚。

他站起身,拍掉头发上的灰尘,然后紧盯着我,脸色因愤怒而变得苍白。我们沉默地互相凝视,一言不发,直到查宾向我们飞奔过来。

"出什么事了?"他大喊。

"因为用了您给我的钉子,提毕兹主人想用鞭子抽我。"我答道。

"钉子有什么问题？"他转向提毕兹问道。

提毕兹回答说钉子太大了，然而心思却不在查宾的问题上，仍旧用他恶毒的眼睛狠狠地盯着我。

"我是这里的监工。"查宾开口道，"是我告诉普拉特把这些钉子拿去用的。如果尺寸不合适，从地里回来后我会换另外的。这不是他的错，另外，我乐意给你什么钉子就给你什么钉子，希望你明白这点，提毕兹先生。"

提毕兹没有回答，只是咬咬牙晃了晃拳头，发毒誓说这事儿远远没完，他会报复的，随即离开。监工紧随其后，他们进了屋子，监工一路上严肃地打着手势，压低了嗓音跟他说话。

我待在原地，犹豫着是逃走好，还是不管结果如何都自己承担。不一会儿，提毕兹从屋里出来了，给他的马——这是除了我之外他唯一的财产——套上马鞍，然后离开踏上了通往切尼维尔的路途。

他离开后，查宾神情激动地出来了，告诉我不要紧张，无论如何都不要企图离开种植园。然后他进了厨房，叫蕾切尔出来，和她谈了一会儿。回来后，他再次诚恳地嘱咐我不要逃跑，还说我的主人是个恶棍，这次离开一定没好事，天黑之前可能会有麻烦。但是不管怎样，他坚持要我别紧张。

我傻站着，难以言喻的痛苦将我笼罩。我意识到我把自己推向了难以想象的惩罚之中。愤怒极端爆发之后，紧接而来的将是最为痛苦的悔恨。作为一个无依无靠、束手无策的奴隶，我能做些什么呢？我能说些什么替自己辩解呢？因为怨恨一个白人的侮辱和漫骂，我用了最极端的方式，犯下了罪不可恕的行为。我试着祈祷，乞求在这极端痛苦中得到天父的支持，可祷告因为激动的情绪而哽塞，我只能将头埋进双手哭泣。有至少一个小时我都保持着这种状态，在泪水中寻找慰藉。当我抬起头时，看到提毕兹带着两个骑手从河湾那儿过来了。他们骑着马进了庭院，从马上跳下，手中拿着粗长的鞭子向我走来，其中一个人还拿着一卷粗绳。

"把手交叉。"提毕兹命令道。他的咒骂声令人战栗，不宜在此重述。

"您不需要将我绑起来，提毕兹主人。我已经准备好跟你去任何地方。"我说道。

他的一个同伴往前一步，咒骂着如果我敢反抗哪怕一下就打碎我的脑袋、把我碎尸万段、割断我的喉咙等等类似的恶言。知道再强求也无用，我将双手交叉，顺从地屈服，任凭他们处置。随即，提毕兹捆住我的手腕，用尽全力将粗绳缠绕在手腕上。然后用同样的方式捆住我的脚踝，同时，另两个人将绳索从我的胳膊之间穿过，绕过后背打了个死结。我的手脚完全无法动弹，提毕兹用剩下的绳子做了个简陋的套索，套上了我的脖子。

"现在，"提毕兹的一个同伙问道，"我们要把这黑鬼吊在哪儿呢？"

一个人提议将我吊在这附近一棵桃树的树枝上。这被另一个同伴否决了，他说树枝会断，然后提了另一个建议，最后他们达成了一致。

在他们说话期间，甚至在他们捆绑期间，我都一言不发。监工查宾在广场上慌张地来回走动，蕾切尔在厨房门前哭泣，查宾太太仍然在窗口看。希望在我心中熄灭，我确信我的死期到了。我将再也看不到明天的曙光，再也看不到孩子们的笑脸。正是心中珍藏着这种热爱，我才抱有甜美的期待，而那一刻，我却挣扎在对死亡的恐惧中！没人会为我哀悼，也没人为我复仇。很快，我的躯体便会在这片遥远的土地中腐朽，或许会被抛进河湾停滞的河水中，被满身泥泞的爬行动物们啃食！眼泪顺着我的面颊淌下，却只招来刽子手的侮辱。

后来，他们将我拖向树边。之前从广场上消失了片刻的查宾出了屋子向我们走了过来，手持一把手枪。就我能回忆起的而言，他坚决强硬地说道：

"先生们，我有几句话要说，你们最好听着。谁再把那个奴隶从他现在的位置上挪动半步，就会成为死人。他从一开始就不应该受到这种对待。用这种方式将他杀害是种羞辱，我从没见过像普拉特那么可靠的孩子。你，提毕兹，这是你自己的问题。你完全是个无赖，我知道这点，你活该受到鞭挞。再说，我在这片种植园做了七年的监工。威廉·福特不在时，我就是这里的主人。我的职责是保护他的利益，我也会履行这一职责。你没有丝毫责任心，是个没用的家伙。福特对普拉特持有四百美元的抵押，如果你吊死他，福特就损失了这些债务。在债务被还清之前，你没有权力处死他。有奴隶的法律，也有白人的法律，你就是一个杀人犯。"

"还有你们，"他对库克和拉姆塞说。他们是隔壁种植园的两名监工，"你们两个赶紧离开！如果你们为自己的安全考虑，嘿，滚吧。"

库克和拉姆塞没有再说一句话，他们骑上了马，一溜烟跑了。提毕兹这时明显是怕了，他被查宾坚决的语气所震慑，像个懦夫一样灰溜溜地骑上马，跟着他的同伴一起跑了。

我仍然被捆绑着站在原地，脖子上缠绕着绳索。他们一走，查宾就叫来了蕾切尔，吩咐她跑到地里，叫罗森赶紧回屋，带上他那头速度惊人的棕色骡子不要耽误。很快他就回来了。

"罗森，"查宾说，"你必须去趟松树林，告诉你的主人福特立刻来这儿，一刻都不要耽误，告诉他有人想杀了普拉特。现在快走，孩子。累死这头骡子也要在中午之前赶到松树林。"

查宾走进屋内写了张通行证。回来时，罗森已经骑上了骡子等在门口。拿到通行证后，他灵巧地在骡子上挥了一鞭，然后冲出了庭院，向着河湾疾驰而去，转眼就消失在了视线外。

09　煎熬与快乐

太阳升到了子午线，天气热得难以忍受。炙热的阳光灼烧着地面，站在上面烫得脚起了水泡。我没穿外衣也没戴帽子，光着头站着，暴晒在灼热的光线下。大颗大颗的汗水从我的脸上滚下，浸湿了我身上的一小片衣料。不远处的栅栏外，桃树在草地上投下了凉爽宜人的树荫。我愿意付出一整年的服务，仅为了从自己身处的火炉中换到那枝干下一处阴凉。但我依然被捆绑着，绳索仍然悬荡在我的脖子上，我仍旧站在提毕兹和他的同伙丢下我的地方。我被绑得结结实实的，一寸都不能动弹。能倚靠在织布房上是一种天大的奢侈，尽管只有不到二十英尺的距离，但对我却是触不可及。我想躺下，但我知道这样就再也站不起来了。地面干裂滚烫，我意识到躺下会使我的处境更难受。如果我能换个位置，不管多微小，对我都将是难以言喻的缓解。但是南方太阳的灼热像是将这个夏天都泼在我光溜溜的脑袋上，剧痛的四肢更是让我加倍痛苦。我的手腕、脚踝、腿和胳膊上的绳索开始膨胀，绑在身体上的粗绳嵌进了我浮肿的肉里。

一整天查宾都在走廊上走来走去，但一次也没向我靠近。他的状态似乎非常不安，先是看了看我，然后望望道路，像是每时每刻都盼望着有人出现。他没有跟往常一样去地里，从他的举止看来，显然是认为提毕兹会带着更多更好的人马回来，或许还要再吵一架，而显然不管有什么危险，他已决定捍卫我的生命。为什么他不放了我？为什么让我一整天都维持在痛苦中？我不知道。我肯定这不是为了博取同情，或许他希望福特看到我脖子上的绳索，以及他们将我捆绑的凶残行为。或许他没有法律权利侵犯他人的财产，做出干涉，否则就会受到法律的惩罚。为什么提毕兹一整天都不见踪影，我无从知晓。他十分清楚查宾是不会伤害他的，除非他坚持要处置我。罗森后来告诉我，他经过约翰·大卫·切尼的种植园时看到了那三个人，在他疾驰而过时转身目送他远去。我认为他的猜测是，查宾监工派罗森去通知附近的种植园主，拜托他们过来帮忙。因此，他无疑照着"谨慎即大勇"的原则办事，离他们远远的。

但是那个胆小恶毒的暴徒的动机是什么已经无关紧要了。我站在正午的烈日下痛苦地呻吟。天亮到现在我没吃一口饭，痛苦和饥饿使我愈来愈虚弱。只有一次，在天最炎热的时候，蕾切尔怀着畏怯之心违背了监工的意愿，冒险靠近我把一杯水递到我唇边。这个卑微的人永远不曾知道，即便听到了我对她的祝福，她也不会理解。那口水是多么沁人心脾，她只是说："哦，可怜的普拉特。"然后匆匆回到厨房工作。

太阳从未像那天一样在天穹移动得如此缓慢，也从未洒下如此炙热火辣的光线。至少对我来说是这样，无数思绪在我心烦意乱的脑海中交织,我无法将其道明。简单地说,在那段漫长的日子里,我一次都不曾得出那样的结论:由主人提供吃穿,受主人鞭打保护的南方奴隶,会比北方自由的黑人更为快乐——我从未得出过这种结论。然而,即便在北方,依然有仁慈友好的人们宣称我的观点是错误的,并严肃地通过争辩来维持他们的主张。唉,他们从未像我一样饮用过奴隶制的苦酒。太阳落山时,福特正好骑马进了庭院。他的马满口白沫,我的心难以抑制地雀跃起来。查宾在门口迎接他,聊了一会儿后,他径直向我走来。

"可怜的普拉特,你情况真糟。"他开口只说了一句。

"谢天谢地!"我说,"谢天谢地,福特主人,你总算来了!"

他从口袋里抽出刀子,气愤地割断了我手腕上、胳膊上、脚踝上的绳索,将套索从我脖子上滑下。我试着行走,但却像个醉汉那样摇摇晃晃,倒在了地上。

福特立刻回到屋子,留下我一个人。在他抵达广场时,提毕兹和他的两个朋友也出现了。他们随即聊了许久,我能听到他们的声音,福特温和的语调和提毕兹愤怒的口音交杂,可是听不清他们说了什么。最后,那三个人再次离开,显得很不满意。

我尽力举起锤子,想让福特看到我有多想工作,我想继续在织布房干活。但是锤子从我无力的手中脱落。天黑后,我爬进小屋躺下,痛苦难耐,浑身肿胀酸痛,动下手指都剧痛无比。不久,劳工们从地里回来了。蕾切尔跟在罗森后面,把发生的事情告诉了他们。伊莉莎和玛丽替我烤了片培根,但我却没有食欲。于是他们又烤了玉米饼,煮了咖啡,我只能吃下这些。伊莉莎好心地慰问我，不久小屋里挤满了奴隶，他们围在我身边，问了许多有关早上我与提毕兹矛盾的问题，以及今天事件的原委细节。接着，蕾切尔进来了，她简单地重述了一遍，在讲到把提毕兹踢得在地上滚了几圈的那一脚时，她还强调了一下，人堆里传出一阵阵窃笑。然后她描述了查宾是怎么拿着枪出来救下我的，以及福特主人怎么用刀割掉绳索的，说他简直气疯了。

罗森回来后，又不得不把去松树林的经历汇报给他们。那匹棕色骡子载着他跑得比一道闪电还快，把经过的所有人都惊得目瞪口呆。福特主人听后立刻动身，他说普拉特是个好黑人，他们不应该杀他。最后用鲜明的暗示总结道，世界上没有另一个人能像他那天那样骑着棕色骡子在路上引起这么大的骚动，表现出如约翰·吉尔平①般精湛的技艺。

大家好心地向我表达了他们的同情，说提毕兹是一个可恶残酷的家伙，希望福特主人能把我带回去。他们讨论、闲聊、一遍遍高谈着这激动人心的事件，从而打发时间，直到查宾突然出现在小屋门口，叫唤我道：

"普拉特，"他说，"今晚你到大屋的地板上睡觉，带上你的毯子。"

我尽快爬起身，把毯子抓在手里，跟着他走了。路上，他告诉我他不确定提毕兹会不会在天亮之前回来设法杀了我。如果是

---

① 约翰·吉尔平（John Gilpin），威廉·古柏（William Cowper）的叙事诗《痴汉骑马歌》（The Diverting History of John Gilpin）中的人物。他是一位18世纪的英国布商，在一次旅行中因马匹发疯而被带走，与妻子儿女分别。

这样，不能没有目击证人。如果他在奴隶面前刺入我的心脏，即使有一百个奴隶，根据路易斯安那州的法律，也没有一个人能提供对他不利的证据。我在大屋的地板上躺下——这是我为奴十二年中第一次也是最后一次在如此豪华的地方休息。我试着入睡，接近午夜时，狗开始吠叫。查宾起身向窗外张望，但什么也没看到。最后狗安静了下来，他回到房间，说："普拉特，我相信那个混蛋就藏在房屋附近的某个地方。如果狗又叫了，我还在睡，就把我叫醒。"

我答应了。过了一个多小时后，狗又开始吵闹，跑到大门口又跑回来，自始至终都凶暴地吠叫着。

查宾没等我叫醒他就下了床。这次，他走到了广场，在那里站了许久。然而什么都没看到，狗也回到了窝里。夜里，我们再也没受到惊扰。过度的疼痛，以及对迫近的危险的担惊受怕使我无法安然休息。提毕兹是否真的在那天晚上回到了种植园，伺机对我施以报复，或许只有他自己知道。然而我认为——至今仍然有这种强烈的感觉——当时他就在那儿。无论如何，他都有暗杀我的意图，只不过在一位勇者的话语前退缩了，却依然伺机在无助又毫无戒备的受害者背后捅上一刀，我后来才相信这一点。

早上天一亮我便起床了，由于疼痛和疲惫，几乎没怎么休息。不管怎样，在小屋吃过玛丽和伊莉莎为我准备的早饭后，我去了织布房，开始了又一天的劳动。按照往常，查宾一起床就会骑上马，这是他的工作，也是所有监工的义务——奴隶们为马套上马鞍和笼头，替监工准备好马匹，监工就骑马到地里。今天他却一反往常地来到了织布房，问我有没有见到提毕兹的踪迹。我回答说没有，他说那家伙不对劲，是个坏胚子，我必须留点心眼儿，否则哪天我没防备的时候他就对我使坏了。

就在他说话时，提毕兹骑着马过来了。他拴好马，进了屋子。有福特和查宾在身边，我一点也不怕他，但是他们不会一直在我身边。

哦！压在我身上的奴隶制是多么沉重！我必须日复一日劳作，忍受辱骂、奚落和嘲弄，睡在坚硬的地板上，靠粗糙的伙食度日。不仅如此，不幸成为吸血鬼的奴隶，从今以后还要担惊受怕。为什么上帝不在赐予我钟爱的孩子之前就让我早早死去？这会免去多少的不幸、痛苦和悲伤！我渴望自由，但是奴隶的锁链缠绕着我让我无法摆脱。我只能留恋地凝望北方，想着隔在我和自由之地之间的遥遥千里——这是一个自由的黑种人无法跨越的距离。

半个小时后，提毕兹走进了织布房，锐利地看了我一眼，然后一言不发地离开了。大半个上午，他都坐在广场上，读读报纸，和福特交谈。晚饭后，福特离开了松树林，我怀着遗憾的心情目送他离开了种植园。

这一天，提毕兹再次来找我，吩咐了我几句，然后离开了。

织布房这个礼拜完工了，期间提毕兹没提起任何事儿，我得到通知时，他已经把我雇给了彼得·特纳，我要在另一个名叫迈耶斯的木匠手下工作。接到通知时，我心情愉悦，只要不让我见到那个讨人厌的家伙，去哪儿都成。

彼得·特纳，正如读者们所知，他住在对岸，是福特夫人的兄弟。他是贝夫河最大的种植园主之一，拥有一大批奴隶。

我万分愉快地去了特纳的种植园，他早已听说了我最近的问题。事实上，我确信我鞭打提毕兹的事已被广为宣扬。这件事，与我筏运的经历一起使我臭名昭著。我不止一次听到有人这样说，普拉特·福特，也就是现在的普拉特·提毕兹——奴隶的姓随着他的主人而变化，是一个"黑色的魔鬼"。但我注定要在贝夫河的小世界中造出些更大的动静，很快你们就会看到。

彼得·特纳努力给我留下严厉的印象，尽管我能察觉这老家伙身上还有一丝幽默。

"你就是那个黑人，"我一到他就问我，"你就是那个鞭打主人的黑奴，嗯？你是那个踢了木匠提毕兹一脚，抱住他的腿痛扁他一顿的黑奴，对吗？我倒是想看看你能不能抓住我的腿。你是个大人物，一个伟大的黑奴，一个杰出的黑人，对吗？我会鞭打你，抽掉你的暴脾气，尽管抓住我的腿吧，如果你能的话。这里容不得你胡闹，孩子，记住这点。现在去工作，你这个欠踹的混蛋。"彼得·特纳说完了，自己的风趣与挖苦使他难以抑制地嘴角上扬。

听过这番问候之后，迈耶斯负责管理我，在他的指导下我工作了一个月，我们俩对彼此都颇为满意。

与他的内兄威廉·福特一样，特纳习惯在安息日为他的奴隶们朗读《圣经》，只是精神信仰有些不同。他对新约有深刻的见解，我来到植物园的第一个礼拜日，他就把大家召集起来，开始朗读《路加福音》的第十二章。当他读到第四十七行时，他比平时更有意地环顾四周，然后继续："了解主的意愿，自己却不去准备。"然后顿了一下，"自己不去准备，也不遵从主的意愿，该不该受到鞭挞?"

"你们听到了吗?"彼得强调,"鞭挞。"他缓慢清晰地重复道,摘掉眼镜,准备发言。

"那个黑奴不以为意,不遵从他的主——他的主人,看到了吗?那样的黑奴应该受到鞭挞,许许多多、数不清的鞭挞——四十鞭、一百鞭、一百五十鞭,这是《圣经》的意思!"彼得继续就这个话题长篇大论,为了启发他这些黑皮肤的听众。

发言结束时,他点了其中的三个奴隶:华纳、威尔和梅杰,然后冲我喊道:"过来,普拉特,你抓住过提毕兹的双腿,现在让我看看你能不能用同样的方法抓住这几个混蛋,直到我从教会回来为止。"

随后他命令他们套上足枷——一种在红河地区种植园的常见道具。足枷由两块木板组成,下面的那块被固定在两根短柱的底部,短柱结实地刺入地面。上边缘均匀地镂出两个半圆,另一块木板用铰链固定在一根短柱上,方便打开合拢,就跟小折刀的刀刃一样启阖。上木板的低端也相应镂出两个半圆,当它们合上时,一排孔洞正好能铐住黑人的脚踝,锁住他的双腿又不至于让他的双脚逃脱。上木板的另一端,铰链的对面用锁和钥匙固定在柱子上。奴隶被迫坐在地面,当上面的木板抬起时,他脚踝以上的腿部就放置于下面的半圆中,合上上木板,锁住,他就被紧紧地束缚住了。通常锁住的是脖子而不是脚踝,通过这种方式就能锁住他们施以鞭打。

据特纳所言,华纳、威尔和梅杰是偷瓜贼,三个黑人打破了安息日的习俗。特纳不能饶恕这样的罪过,他认为自己有义务把他们锁进足枷。他把钥匙交给我，自己则和迈耶斯、特纳夫人和孩子们钻进了马车，去了切尼维尔的教堂。他们走后，那三个孩子求我放了他们。我不忍心看他们坐在灼热的地面上，这使我想起自己在烈日下所受的痛苦。他们许诺随时都愿意套上足枷，只要我让他们这么做，于是我同意放了他们。因为感激我的仁慈，为了报答我，当然，他们只能把我带去瓜田。在特纳回来之前不久，他们重新被锁进了足枷。特纳走上前，看着他们，轻声笑道："啊哈！你们几个今天没法闲逛了吧。我来教你们懂规矩，我要教训教训你们这几个在主日偷瓜吃、打破安息日习俗的黑鬼！"

彼得·特纳以他严格的宗教制度为豪，他是教堂的一名执事。

至此，故事迎来了一个转折点，暂且得撇开这些无关紧要的小事，讲讲更加严肃要紧的事情：我和提毕兹主人发生了第二次冲突，这促使我逃往帕库堆大沼泽。

10 与提毕兹的第二战

一个月后，特纳那边已不再需要我帮忙，我被送回到贝夫河的主人那里，他正忙于制造榨棉机。这里离大屋有一段距离，是一个偏僻的地方。我再次开始与提毕兹工作，大多数时间完全和他单独在一起。我记得查宾的话，他要我警惕，建议我留点儿心，以免他在我放松戒备的时候伤害我。这些话萦绕在我脑海，我生活在忧虑之中，整天提心吊胆。一只眼专注工作，另一只眼提防着主人。我决心不让他找到伤害我的把柄，工作得更勤快了，忍受他对我的任何辱骂，避免受到身体上的伤害。我保持谦卑和耐心，希望借此软化他对我的态度，直到迎来从他魔爪下解脱的幸运时刻。

回去后的第三天早上，查宾离开种植园去了切尼维尔，晚上之前他都不在。那天早上，提毕兹周期性的毛病又犯了，坏脾气频频发作，比平时更加暴躁恶毒。

上午九点左右，我正忙着用木刨刨木。提毕兹站在工作台旁边，将手柄插进凿子，之前他在用凿子打磨螺丝上的螺纹。

"你刨得不够深。"他说。

"它跟标线是齐平的。"我答道。

"该死的,你在撒谎!"他激动地喊。

"好吧,主人。"我和气地说,"既然你这么说,我会刨深一点的。"于是立刻照他要求的做了。可还没等清理掉刨花,他又叫了,说我这次又刨得太深了,木板太小了,我把整片木板都毁了。紧接着又是一阵破口大骂,我已经尽力完全按照他的意思做了,但是怎么都不能使这个不讲理的人满意。我沉默惊恐地站在木板边,手里握着刨木,不知该干什么,也不敢停下。他越来越生气,开始咒骂——如此恶毒刻薄的咒骂只有他能喷出口。他从工作台上抄起一把小斧头,朝我冲了过来,嘴里骂着要把我的脑袋劈开花。

这真是生死的一刻,锋利锃亮的斧刃在阳光底下熠熠生辉。转眼就要砍进我的脑袋,就在那一刹那,在如此危机的时刻,我的脑子飞速地运转。如果站着不动,我肯定是死定了;如果我溜走,他的斧头八成会从手中飞出,万无一失地插进我后背,给我致命一击。只剩下一个方法。我用尽全力向他跳去,在他砍下的一瞬迎向他,一手抓住他高举的胳膊,另一只手扼住他的喉咙。我们面对面站着,紧盯着对方,我从他眼中看见了杀气,好像是一条大蛇绕在我脖子上,只要我一有放松,它就会缠住我的身体,将我碾碎,置我于死地。我想过大声喊叫,希望有人能听到,但是查宾外出了,其他人都在地里,见不到也听不到活人的动静。

那一刻,生命里屡次将我从危难中解救出来的守护神再一次令我急中生智。我猛地用力踹了他一脚，他哼了一声单跪在地上，我松开他的喉咙，夺下斧头，扔到他够不到的地方。

他因为愤怒而情绪失控，疯狂地从地上抓起一根橡木棍，大概有五英尺长，粗得刚好能用手握住，然后再一次冲向我。我也再次迎向他，抓住他的手腕。我比他强壮，于是把他摁到了地上，抢过棍子，站起身把棍子扔远。

他又爬起身，跑过去拿起工作台上的阔斧。幸好阔斧的厚刃插在一块厚木板中，他一时无法将它拔出来。我跳上他的后背，重重地将他压在木板上，因此斧头插得更紧了。我用力想把他的手从斧柄上松开，但没成功。我们维持着那种姿势僵持了好几分钟。

我不幸的生命中曾有那么几个时刻，觉得死亡可以结束这尘世的悲伤，坟墓可以给这具疲惫透支的躯体以安息，想想这未尝不是一件好事。可这些念头在危难时刻却突然不见了，即便全力以赴，也没有人可以在死神面前毫不畏惧。生命对所有生灵而言都是宝贵的，在地上爬行的毛虫尚有生存的意志。那一刻，即便是对身为奴隶、饱受虐待的我而言，生命也是宝贵的。

无法迫使他松开手，我再一次掐住了他的喉咙。这次，在我老虎钳般的紧握之下，他很快就松开了手。他变得软弱无力，原先因激动而苍白的脸现在因窒息而变得发黑，原本像是要喷出毒液的蛇般的小眼现在充满了恐惧，白色的大眼球从眼眶中凸出。

心中潜藏的恶魔怂恿我立刻杀了这个吸血鬼，一直掐着他那可恶的喉咙直到他生命的最后一口气！我不敢杀了他，我也不敢让他活着。如果我杀了他，我也必须付出生命的代价；如果他活着，我的生命就成了他报复发泄的对象。心中有个声音呢喃着让我逃跑，做一个沼泽中的游魂，在地面上做一个亡命之徒、一个流浪汉，也好过我现在的生活。

我很快下定了决心，把他从工作台前摔到地上。我跃过旁边的栅栏，匆匆穿过种植园，经过正在棉花地中工作的奴隶。跑了四分之一英里之后，我到了一片森林牧场，在牧场中跑了一会儿，然后爬上了一道高高的栅栏，我能在上面看到榨棉机、大屋，和之间的空地。这儿位置显眼，整片种植园尽收眼底。我看到提毕兹穿过田地，跑进了屋子。然后他带着马鞍出来了，不一会儿就骑上了马跑远了。

我感到凄凉，但是心怀侥幸，侥幸自己捡回了一条命，凄凉自己前路茫茫，不免沮丧。以后我会怎么样？又有谁来扶助我？我该逃向哪里？哦，上帝！您赐予我生命，在我胸中灌输我对生命的热爱——就跟其他人一样赋予我情感，您的造物向您乞求，请不要抛弃我。怜悯这个可怜的奴隶吧，不要让我死去。没有你的庇佑，我将迷失自我！这些沉默的、不曾吐露的祈求从我的内心飘向天堂。但是没有回应，没有甜美低沉的声音从天空落下，"是我，别怕。"——没有此般的声音对我的灵魂低语。我似乎成了上帝的弃儿，被人所鄙视和厌恶。

大约三刻钟后，几个奴隶大喊着打手势让我快跑。朝河湾望去，很快我就看到提毕兹和另两个人骑着马飞奔而来，后面跟着几条猎犬，大约有八到十条。尽管隔得很远，我还是认出了他们。他们是隔壁种植园的，贝夫河的猎犬用于追捕奴隶，是一种大型猎犬，比起北方各州的品种更为凶猛，只要主人一声令下，它们就会攻击黑奴咬着他们不放，就像斗牛犬会紧咬着四足猎物一样。沼泽地里经常听到它们大声吠叫，由此可以推测逃犯们是在哪里被追上的，就跟纽约的猎人停下来倾听猎犬在山坡上的行踪一样，然后向同伴指示那里能打到狐狸。我从没听说过有奴隶活着从贝夫河逃跑过，其中一个原因是，他们不允许学游泳，所以连一条小小的溪流都游不过去。逃命时，没跑多远就会碰上一道河湾，面对这个避免不了的抉择，要么被淹死，要么被猎犬抓住。年轻时，我曾在流经故乡的清流中练习游泳，现在已是一名游泳能手，在水中畅行自如。

我站在栅栏上，直到猎犬追到了榨棉机那里。再过一会儿，他们就发出悠扬而凶猛的吠叫，宣布已经追上了我。我从栅栏上跃下，逃往沼泽地。恐惧赐予我力量，促使我爆发出全力。我时不时能听到猎犬的吠声，它们紧跟在我身后，嗥叫声一次比一次近，每时每刻我都感觉它们即将扑上我的后背，将它们长长的尖牙刺入我的肌肤。它们为数众多，我知道它们会将我撕成碎片，立刻把我咬死。我上气不接下气，喘息着向造物主祈求拯救，赐予我力量到达宽广的深水湾，潜入水底，甩掉它们。很快，我跑到了一片茂密的棕榈树林，穿越树林时树叶沙沙作响，然而依然无法淹没猎犬的吠叫。

我一路朝南，如果我能判断方向的话，最后水漫过了我的鞋子。此时，我身后的猎犬离我不到五杆。我能听到他们穿越棕榈树林时冲撞跳跃的声音，响亮、贪婪的吠叫声在整片沼泽地中回响。到达河边时，我心中燃起了一丝希望。只要河水够深，就能淹没我身上的气味，猎犬会因为失去目标而仓皇失措，这样我就有机会甩掉它们。很幸运，在我前进时河水也越来越深，漫过了我的脚踝，淹没了我的膝盖，即将没过我的腰，然后又在浅水地带浮出水面。我蹚进水之后，猎犬就没再追上来，显然已经迷惑了。它们凶暴的叫声越来越远，我停下脚步倾听，但是那悠扬的嗥叫又开始在空气中回响，警告我还未脱险。我蹚过一个个泥潭，尽管被水阻挡，它们仍然追寻着我的踪迹。高兴的是，最后我终于到了一片宽阔的河湾，跳进河中，在迟缓的水流中逆行，很快便到了对岸。猎犬到这儿后肯定会陷入混乱。水流会把我的气味冲刷得丝毫不剩，嗅觉灵敏的猎犬也无法再追踪逃犯的踪迹。

越过这片河湾后，河水已经深得我无法在水中奔跑。后来我才知道我现在身处的是库帕堆大沼泽，这里树林密布——悬铃木、橡胶树、棉木、柏树等等。有人告诉我，这片沼泽一直通向卡尔克河岸，方圆三四十英里没有人烟，只有野兽——熊、野猫、老虎，还有巨大泥泞的爬行动物，它们四处爬行。事实上，在我到达这片河沼之前，从跳进河中直到回程时从河沼中浮出，这些爬行动物一直围绕在我周围。我看到了上百条嗜鱼蛇，树中、沼泽中，甚至是倒下树木的枝干上，满是毒蛇，我不得不从它们之间跨过、爬过。我一接近，它们就爬开了，但在仓促中，好几次我的手脚都险些碰到它们。这些蛇都带有剧毒——它们的牙齿比响尾蛇更为致命。此外，我还损失了一只鞋，鞋底已经完全脱落，只剩上半部分还荡在脚踝上。

我还看到了许多大大小小的短吻鳄，躺在水上和浮木上。我发出了平时驱散它们的声响，它们爬开，跳进深水。然而有时候，我还是会不小心直接撞上一头怪物。碰上这种情况，我就会往后退，绕着圈跑开，通过这种方式避开它们，然后冲向前。它们会迅速跑一段距离，但却没有掉头的力量。在弯路上，摆脱它们并不难。

大约下午两点，我听到了猎犬最后的吠叫，或许它们没能穿过河湾。我全身湿漉漉的，疲惫不堪，但暂时脱险使我松了口气。我继续向前，然而面对毒蛇和鳄鱼，我不得不比之前逃跑时更为谨慎，也更为害怕。踏进泥潭之前，我会用木棍探探水。如果水起了波纹，我就会绕道，如果静止着，我就冒险蹚过去。

太阳下山了，夜幕逐渐将这片大沼泽笼罩进黑暗。我依然蹒跚往前，时刻担心被嗜鱼蛇咬上致命的一口，或是惊扰到短吻鳄，被它的巨颚碾碎，它们造成的恐惧丝毫不亚于身后追逐的猎犬。过了一会儿，月亮升起，柔和的月光爬上树梢铺满了枝枝叶叶，上面悬吊着长长的苔藓。我继续往前，直到午夜降临，始终希望能够远离这些荒凉危险的区域。可是水越来越深，路也越来越难走。我发觉已经不能再往前走了，也不知道如果到了一片人烟之地，自己会落入谁的手中。没有通行证，任何一个人都能随意逮捕我，将我关进监狱，直到我的主人出示财产证明，支付费用，然后将我带走。我是一只迷路的羔羊，如果不幸遇到路易斯安那的某位守法公民，他或许会将其视为一名友邻的责任，立刻将我监禁。我真的难以确定我最惧怕的是什么——猎犬、鳄鱼，还是人！

午夜过后，我停下了步伐。这一场景凄凉得难以想象，沼泽地中回响起无数鸭子的喧闹声。自从这片土地形成以来，多半还没有人能涉足这片沼泽深处。周围不再寂静得让人压抑,仿佛太阳在天国闪耀。我半夜入侵,惊醒了这些长着羽毛的族群——它们簇拥在沼泽中,似乎有成百上千只,扯着嗓子唧唧喳喳叫唤着,令人厌烦。它们扑打着翅膀,跳入水中,愠怒地围在我四周。我心惊胆战,空中的飞禽、地面上的爬虫都似乎聚集到了一起,这里充斥着喧嚷与混乱。这里荒无人烟,我也并非孤单一人身处闹市,但我仍然听闻到了生机——它们栖息在这片土地的最蛮荒之处。即便是这片荒凉沼泽的中心,上帝仍为千万生灵提供了躲藏和栖息之所。

月亮升上了树梢,我决定重新想一个办法。迄今为止,我一直尽力向南跑,之后转而向西北方前进,目标是跑到福特主人家附近的松树林。一旦进入他的庇护之下,我觉得自己会相对安全一点。

我的衣服已成了破布,手、脸、身上布满了刮痕——被倒下树木的锐利的枝干割到,爬经灌木和浮木时蹭伤。赤裸的脚上扎满了刺,浑身脏兮兮的,粘满了粪泥以及飘在死水上的绿色粘液。我日夜浸在水中,水面漫到了我脖颈。时间一分一秒过去,尽管疲惫不堪,我仍然向着西北方艰难跋涉。水开始变浅,脚下的土地也愈发坚实。最后我到了帕库堆,这片我出逃时游过的河沼。我再次游过,不久,我听到了公鸡的啼鸣,但是声音微弱,或许是我耳朵出问题了。随着前进的步伐,河水渐渐褪去,我终于离开了泥塘,踏上了通往平地的干土,我知道我正身处大松树林的某地。

天破晓时,我来到了一处空地———片小植物园,但是我以前从来没见过。我在树林边碰上了两个人,一个奴隶和他年轻的主人,他们正忙着抓野猪。我知道那名白人会向我索要通行证,如果我没有,他就会将我占为己有。我筋疲力尽,已经跑不动了,又面临被抓的危险。危急之下,我想到了一条能让我成功脱险的计策。我装出一副凶神恶煞的表情径直向他走去,死死地瞪着他的脸。我刚靠近,他就警觉地向后退——显然吓坏了。他看着我,像是看着一头从沼地中爬出的可怕妖怪。

"威廉·福特住在哪里?"我语气凶狠地问道。

"他住在离这儿七英里的地方。"他答道。

"哪条路能到他的住处?"我又问,试图比之前看上去更凶恶。

"看到那边的松树了吗?"他指着一英里外的远处问。树林中高高地立着两棵松树,像是一对高大的哨兵,俯瞰着这片广袤的森林。

"看到了。"我回答。

"那两棵松树下,"他继续说,"就是德克萨斯公路。往左转,再往前就是威廉·福特家。"

我不再说话,匆匆赶路——如他所愿,他当然是觉得离我越远越好。走上德克萨斯公路,我照着指示往左转,不久便经过一大堆篝火,柴火熊熊燃烧。我靠上前,想着把衣服烤烤干。但是早晨灰蒙蒙的光线正在散开,经过的白人或许会发现我。此外,暖焰还燃起了我的睡意。我不再耽搁,继续行程,最后在八点左右,到达了福特主人的宅邸。

奴隶们都离开住处干活去了。我走上门廊,敲了敲门,很快福特夫人开了门。我面目全非，一副寒碜又凄凉的模样，她没有认出我。我问福特主人在不在家，然而没等她回答，那位好心人就出来了。我跟他说了我逃跑的事以及所有与之有关的细节。他专心地听着，等我说完后，他温和、充满同情地安慰我，将我带进了厨房，叫来了约翰，吩咐他为我准备食物。我自昨天早上天亮后就没吃过东西。

约翰把食物放到我面前，夫人为我端来了一碗牛奶和许多美味佳肴——这些美食奴隶少有机会品尝。我又饿又累，但是食物和休憩都不及那个动人的声音带来的愉悦——他和蔼地给我安慰。我衣衫褴褛、半死不活，而这位大松树林的好心撒玛利亚人在一位奴隶受伤的灵魂中注入了油水和美酒。

他们将我留在小屋，让我好好休息。睡眠真美好！像是天堂的甘露一般落在所有奴役之人和自由之人的身上。很快它便依偎在我胸口，驱赶压抑在我心中的忧愁，将我带回到那片朦胧之地，我再次看到了孩子们的笑颜，听到了他们的声音。唉，或许在我清醒时，他们已经被死神揽入怀中，从此长眠不醒了。

11 死里逃生之后

长睡一觉之后,我在下午醒了过来,精神焕发,虽然身体仍然僵硬酸痛。约翰正在为我做晚饭。这时莎莉进来和我聊天。和我一样,莎莉也非常苦恼——她的一个孩子生病了,她担心他会撑不下去。吃了晚饭后,我在附近散了会儿步,拜访了莎莉的小屋探望她生病的孩子,然后闲逛到了夫人的花园。尽管现在正值一年中鸟语安静的季节,寒冷的气候也让树木褪去了夏日的繁盛,但各色玫瑰仍然在此盛开,繁茂的藤蔓爬上了木架。深红和金色的果实半掩地悬挂在桃树、橘树、李树和石榴树大大小小的花簇之间。在那片几乎恒温的地区,整年都有树叶掉落,蓓蕾花开。

我对福特主人和福特夫人感激不尽,希望通过某种方式回报他们的善待之恩,于是开始修剪藤蔓,然后给橘树和石榴树除杂草。石榴树能长八到十英尺高,果实形似啫喱花,只是比啫喱花稍大一点,有着草莓般的甘甜。橘子、桃子、李子等是阿沃耶尔富饶温暖的土地上土生土长的水果,但是苹果这种在凉爽的纬度区最常见的水果,在这里却很少看到。

很快福特夫人出来了,说我精神可嘉,但是现在的身体状况不适合劳动,应该进屋好好休息,静候主人去贝夫河——他今天和明天都去不了。我告诉她,说实话,我感觉很糟,全身僵硬,脚也酸痛,被树桩和荆棘扎得到处是伤,但是这种小活还难不倒我,而且能为这位好心的夫人工作是一种莫大的荣幸。随即她回到了大屋,我在花园里辛勤工作了三天,清扫小路,为花坛除草,拔掉茉莉花丛下的野草——这些茉莉花是我的女保护人用她温柔慷慨的双手亲自种上墙的。

第四天清早,我的气色好了许多,福特主人吩咐我准备跟他一起前往河湾。空地上只有一匹上了鞍的马,其他马匹和骡子一起被赶进了种植园。我说我可以步行,然后跟莎莉和约翰告别,我在马的旁边一路小跑,离开了空地。

大松树林里的这片小天堂像是沙漠中的绿洲,在被奴役的多年间,我一想起那里,心就变得柔和。我惋惜伤感地离开这里,虽不至于沉痛,但我仿佛当时已经知道我将再也回不到那里。

福特主人时不时地催促我上马休息一下,我说不用,我不累,我走路会比较合适。他在路上说了许多安慰和鼓励我的话,他骑得很慢,以便我能跟上。他说我能从沼泽中奇迹般地逃生,显然是因为上帝的仁慈,就像但以理[①]能毫发无伤地从狮穴中出来,约拿[②]能在鲸鱼肚里完好无损,我也是全能的主从恶魔手中解

[①] 但以理(Daniel),《圣经》中的一位先知。
[②] 约拿(Jonah),《圣经》中的一位先知。

救出来的。他询问我在那一日夜中经历的各种恐惧和情感，问我是否在某一时刻出现了对祈祷的渴求。我回答说我感觉被整个世界遗弃了，我一直在精神中祈祷。他说在那样的时刻，一个人的心会本能地倾向他的造物主。而生活在富足中，不受伤害，不被恐惧所扰，他是不会想起上帝的，反而会藐视上帝。但若是将他置于危险之中，切断他人的支援，让墓地在他面前敞开——苦难的时刻一到，那些原来的讥笑者和无信仰之徒才会转而向上帝祈求帮助，除了上帝保护的臂弯之外，他们找不到希望、庇佑和安全。

在我们前往贝夫河的孤寂路途中，这位大善人跟我讲起了今生来世，讲起了上帝的仁慈与权威，讲起了世俗的虚无。

在离植物园五英里远时，我们在远处发现一个骑手正向我们飞奔而来。等到他接近时，我才发现是提毕兹！他朝我看了一会儿，没有打招呼，而是掉个头，和福特并肩同行。我默默地跟在他们马后小跑，听着他们的对话。福特告诉他我是三天前到达松树林的，说了我身陷的困境，和遭遇到的艰难险阻。

"是啊。"提毕兹说，当着福特的面他略去了平时的恶言，"我从没见过这么能跑的人。我敢赌一百美元，他能打倒路易斯安那的所有黑人。我出了二十五美元让约翰·大卫·切尼抓到他，不论死活。但在同样情况下他居然跑得比狗还快，毕竟切尼的狗不怎么样。但邓伍迪的猎犬原本是能在他进棕榈树林前追上他的，不知怎么却跟丢了。我们只能放弃追捕。我们尽量骑马，直到水有了三英尺深时才停下。有人说他被淹死了，我真想亲自一枪毙了他。之后我一直在沼泽附近骑进骑出，但是抓到他的希望越来越渺茫。我当然以为他死了。噢，那个黑鬼真能逃！"

提毕兹继续说着，描述在沼泽地中搜寻我的经过，谈论我在猎狗前惊讶的逃跑速度。等他说完后，福特主人回答说，我以前一直是他身边忠实可靠的奴隶，为我们间的麻烦感到抱歉，根据普拉特的说法，他被无情地虐待，是提毕兹自己有错。对奴隶挥舞小斧是可耻的，理应禁止这种行为。他说："对第一次带进乡的奴隶，不应该用这种方式对待他们。这会造成恶劣的影响，逼得他们全数逃跑，沼泽地中就全是奴隶了。多一点友善会对管理奴隶更加有效，比起那些致命的武器更能让他们顺从。每个贝夫河的种植园主应该对这种非人道的行为嗤之以鼻，这是为了大家的利益。提毕兹先生，你和你的普拉特显然无法一起生活，你讨厌他，会毫不犹豫地杀了他。他知道这点，怕丢掉性命，所以又从你那里跑了。现在，提毕兹，你必须卖了他，至少把他雇佣出去。除非你这么做，否则我会采取措施剥夺你对他的所有权。"

在余下的路程中，福特继续向他灌输这种精神，我没有开口插嘴。到了种植园后，他们进了大屋，我则去修缮伊莉莎的小屋。从地里回来的奴隶发现我在那里后都深感惊讶，他们以为我被淹死了。那一晚，他们再次聚集在小屋中听我讲述自己的历险。他们理所当然认为我会遭到鞭打，而且会很严酷。众所周知，逃跑的奴隶会受到五百鞭的处罚。

"可怜的朋友，"伊莉莎握着我的手说，"淹死对你来说还好受一点。你的主人很残酷，我真怕他会杀了你。"

罗森表示监工查宾有可能会被委托行刑，他下手或许就不会那么狠。而玛丽、蕾切尔、布里斯托和其他人希望由福特主人执行，这样就完全不用鞭刑了。他们都很同情我，设法安慰我，对等在我前面的责罚感到伤心——除了肯塔基·约翰。他捧着肚子憋着，可还是一个劲儿笑个不停，小屋里充斥着他的笑声，而他哄笑的原因是我竟比猎狗跑得还快。不知怎么的，他把这当成了滑稽戏。"他穿过植物园的时候，我就知道它们追不上他的。噢，上帝，普拉特成了飞毛腿，对吧？当狗快找到他时，他压根不在那儿——哈哈哈！噢，我的上帝！"说完肯塔基·约翰又憋不住地狂笑。

第二天一早，提毕兹就离开了种植园。上午我在轧花厂附近散步时，一个英俊的高个男人向我走来，问我是不是提毕兹的"孩子"——这一年轻的称呼适用于所有奴隶，即便他们可能超过了七十岁。我脱下帽子，回答说是的。

"你愿意为我工作吗？"他问。

"噢，十分乐意。"我说，心中突然燃起了脱离提毕兹的希望。

"你曾在彼得·特纳种植园的迈耶斯手下干活，对吗？"

我回答说是的，另外说了些迈耶斯曾经用来评价我的话。

"好吧，孩子，"他说，"我从你主人那里把你雇下了，你要到大竹林为我工作，离这儿三十八英里，就在红河边上。"

这个人是埃尔德雷德先生，与福特住在贝夫河同侧，只是更靠近下游。我跟他到了种植园，早上便同他的奴隶山姆一起开始工作，驾着四头骡子，带着一马车的供给品前往大竹林。埃尔德雷德和迈耶斯骑着马走在我们前面，山姆出生于查尔斯顿，家里有母亲和兄弟姐妹。他"认为"——这样的词比较中性——提毕兹是个卑鄙小人,跟我一样殷切地希望他的主人会把我买下来。

我们继续沿着贝夫河的南岸前进,穿过凯利的种植园,之后经过霍夫鲍尔,来到胭脂河路,径直通往红河。经过胭脂河沼泽时正值太阳落山,我们离开公路,进入大竹林。拐进一条鲜有人至的小路,刚好容得下马车。竹子极其粗实,常被用作钓竿,透过竹林哪怕只有一杆距离也看不到对面的人。四面八方都是野兽的足迹,狗熊和美洲虎的脚印居多,只要有死水潭的地方,就到处都是短吻鳄。

我们沿着这条孤单的小路在大竹林中穿行了好几英里,终于到了一片叫作萨顿田的空地。许多年前,一个叫作萨顿的人穿过了这片荒野竹林,来到这一孤寂之地。传言说,他是一名逃犯,并不是为了摆脱奴役,而是为了躲避法律才逃到了那里。他独自居住在此地,成了沼泽地中的隐士,亲手播种,收获粮食。某天,一队印第安人打扰了他的独居生活。一场血战之后,他被制服,惨遭杀害。方圆几英里,奴隶的住所中,大屋的广场上,白人小孩们都听闻着这个传说,迷信说这个地方,大竹林的中心常被鬼魂缠绕。在四分之一多个世纪里,鲜有人打扰这片空地的宁静,曾被耕作过的田地上杂草丛生,大蛇依偎在摇摇欲坠的小屋门口晒着太阳。多么荒凉阴郁的画面。

经过萨顿田后,我们走上了一条新开辟的道路,两英里后走到了头。现在我们到了埃尔德雷德先生的荒地,他打算在这里清出一片广阔的种植园。第二天早上,我们带着砍竹刀开始了工作,清出的地方足够容纳两间小屋,一间给迈耶斯和埃尔德雷德,另一间留给我和山姆,以及之后加入我们的奴隶。现在我们身处一片茂密的树林中间，张扬的枝杈几乎遮蔽了阳光，大片竹子密不透风地生长于树干之间，偶尔夹杂着一棵棕榈。

月桂、梧桐、橡树和柏树在红河边的肥沃低地上肆意生长。此外，每棵树上都悬挂着大片长长的青苔，在初次见到这派光景的人眼里格外醒目惹眼。这些青苔被大量送往北方用于加工制造。

我们砍倒了橡树，劈成木柴，用来建造临时小屋。我们在屋顶上铺上了大片的棕榈叶——只要没损坏，它们就是绝佳的木瓦替代品。

这里最令人烦扰的莫过于苍蝇、蠓虫和蚊子。它们群聚在半空中，钻进人的眼耳口鼻，攀附在肌肤上，难以将其拍扫除掉，它们仿佛要将我们吞噬——用折磨人的小嘴将我们大卸八块。

比起大竹林的中心，这里更加寂寥不适。难以想象要怎么在这里生活，但跟与提毕兹主人同住的地方相比，这里于我却是天堂。我努力劳作，经常干到疲乏无力，但晚上却能平静地躺下了，早上起来时也不必惧怕。

两周之后，四个黑人姑娘从埃尔德雷德的种植园来到这里——夏洛特、范尼、克雷西亚和奈丽。她们个个身强体壮，拿起斧子就与我和山姆一同出去砍树。她们是出色的砍伐工，高大的橡树、梧桐在她们精准结实的挥砍之下转瞬即倒。在堆木材方面，她们也不输任何男人。南方的森林中工作着一群伐木工，有男有女。事实上，在贝夫河地区，她们分担着种植园所需的所有劳动：犁地、拉牛车、赶牲口、开辟荒地、修筑公路等等。一些种植园主拥有大片的棉花地和甘蔗地，手下的劳动力只有女奴，比如住在河湾北岸的吉姆·彭斯，就在约翰·佛格曼的种植园对面。

到达竹林时，埃尔德雷德答应过我，如果我干得好，就允许我四周后去福特家看望我的朋友们。第五个礼拜的周六晚上，我给他提了个醒。他说我干得很不错，可以去。我早就下定决心，埃尔德雷德的同意更是让我激动和欢喜。我会在礼拜二早上准时回来开始那一天的工作。

我沉浸在不久就能和老朋友见面的愉快期待中，可是提毕兹讨人厌的身影突然出现在我们之间。他问迈耶斯和普拉特处得怎么样，得到回答说处得很好，并被告知普拉特明天早上会去拜访一趟福特的种植园。

"呸呸！"提毕兹讥笑道，"这不值得，那个黑鬼不会安分的，别让他走。"

但是埃尔德雷德坚持说我工作可靠，而且已经许诺过了，既然如此就不应该让我失望。天快黑了，他们进了其中一间小屋，我进了另一间。我无法放弃去那里的念头，否则太令人失望了。早晨之前，我打定了主意，如果埃尔德雷德不反对，我无论如何也要去。天一亮我就站在他门前，把毯子卷成一捆挂在我肩上的木棍上，等着问他拿通行证。很快，提毕兹吊着张阴沉脸出来了，他洗了把脸，然后到附近的树桩上坐下，显然是想着心事。站了好一会儿后，我突然不耐烦起来，便起身出发。

"你不拿通行证就走吗？"他向我喊道。

"是的主人，我想我会的。"我回答。

"你打算怎么到那儿？"他问。

"不知道。"我只是这样答道。

"还没走到半路你就会被抓住送进监狱,你就该待在那儿。"他说着走进小屋。不久便拿着通行证出来了,冲我叫道:"该死的黑鬼该被抽上一百鞭。"然后把通行证扔到地上。我捡起来,立刻匆匆离开。

奴隶没有通行证就离开他主人的种植园,会被碰上的白人抓住并鞭打。我拿到的通行证上注明了日期,上面写着:

允许普拉特前往贝夫河,福特的种植园,并且在周二早上返回。

约翰·M.提毕兹

这是常用格式。路上会有许多人要求出示通行证,阅后才允许通过。那些穿着彰显出富贵的身份,拥有绅士气质和扮相的人通常不会留意我。但若是狼狈之徒,毋庸置疑的游手好闲之人,从来不会放过叫住我的机会,非要彻彻底底地将我检查个遍。抓逃犯有时是个赚钱的生意,如果在广而告之之后仍没有主人出现,他们就会把奴隶卖给出价最高的买主,即使有人认领,发现者也会得到一笔可观的费用。这种不务正业之人被称作"卑鄙的白人",他们把碰上一个没有通行证的陌生黑人当作是天上掉的馅饼。

在我逗留的地方,公路周围都没有旅店。从大竹林到贝夫河的路上,我身无分文,也没带什么干粮。然而,有通行证在手,奴隶就不必忍受饥渴的折磨,只需要将通行证出示给种植园的主人或监工，陈述自己的需求，他就会被带进厨房提供食宿——视情况所需。旅客可以在任一家房门前停下要顿饭吃，就跟在公共旅馆一样自由。这是当地的习俗，无论他们有什么过错，住在红河沿岸以及路易斯安那河湾附近的居民从不缺乏好客之情。

黄昏时分我到了福特的植物园，和罗森、蕾切尔和其他熟人在伊莉莎的小屋过夜。离开华盛顿时，伊莉莎的体形圆润丰满，身姿挺拔，穿着丝衣戴着珠宝，看上去端庄优雅。现在她成了自己缩水后的影子，形容枯槁，曾经挺拔活力的身姿躬了下去，像是承担着一百年的重量。她蹲在小屋的地板上，披着奴隶的粗布，连年老的伊利撒·贝里也认不出他孩子的母亲了。之后我再也没见过她，因为在棉花地里干不了活，被贱卖给了住在彼得·康普顿种植园附近的某人。悲伤持续噬咬着她的心，直到耗尽她的气力。据说，她的最后一位主人极尽残忍地鞭打她侮辱她，但既鞭打不回年轻时已从她身上逝去的活力，也无法使她佝偻的身子变直，她再也回不到孩子围在她身边、自由之光还在前路闪烁的时期。

我从康普顿的奴隶那里得知她的离世——他们在繁忙季节从红河来到河湾，替年轻的特纳夫人帮忙。他们说，最后她完全不能自理，连续几个礼拜躺在小破屋的地板上，唯有依赖她的同伴偶尔给她端口水喂口饭吃。他的主人没有"敲打她的脑袋"，就像对垂死的动物做的一样让它们脱离痛苦，只是不给她吃喝也不给她庇护，留她徘徊在痛苦与不幸的生命边缘，直到自然地走近死亡的尽头。帮手们某晚从地里回来时发现她已经死了。白天，上帝的天使无形地游荡在人间收集离散的灵魂，他们悄悄地潜进这位垂死之人的小屋，把她接走了。最后，她终于自由了。

第二天，我卷好被毯，起身返回大竹林。赶了五英里的路后，我到了一个叫作霍夫鲍尔的地方，路上碰到了无处不在的提毕兹。他问我那么快回去干吗，我回答说我急着在规定的时间内回去。他说我只要到下一片种植园就行了，他已经把我卖给了埃德温·艾普斯。我们走进了庭院，并在那里遇到了那位绅士，他检查了我一遍，问了些买主们常问的问题。正式移交后，我被吩咐去了住处，同时要我给自己做一把锄头和斧子的握柄。

我现在不再是提毕兹的财产了，他有的只是一条狗，一条日夜畏惧着他的暴怒和残忍的畜生。不管我的新主人如何，我都不会对此感到懊恼。所以交易成立对我来说是个好消息，我宽慰地舒了口气，第一次在我的新住所内坐下。

不久之后，提毕兹就从那片地区消失了。后来有一次，也是唯一的一次，我又瞥见了他一眼，是在离贝夫河好几英里外的地方，他坐在一家低级酒吧的门口。那时我在奴隶的队伍里，正好经过圣玛丽教区。

12 埃德温·艾普斯

接下来会提到许多关于埃德温·艾普斯的往事。他体形肥硕，浅色头发，颧骨很高，罗马式的鼻子棱角分明，蓝眼睛白皮肤，足足有六英尺高。他长着工头专有的一副犀利好事的脸，举止粗俗讨厌，谈吐言辞迅速而明确地表明他从未接受过什么教育，言语挑衅是他的才能——这方面他甚至超过老彼得·特纳。他买下我的时候正在嗜酒，有时能狂饮整整两个礼拜。然而后来他戒掉了这一习惯，当我离开他时，他已俨然成了贝夫河一带的戒酒典范。喝醉时，艾普斯主人是个吵嚷胡闹的家伙，喜欢和他的黑奴们一起跳舞，或是在庭院里用长鞭抽打他们，只是因为他喜欢听奴隶们痛苦的尖叫，看他们的背后留下深深的鞭痕。酒醒时，他缄默冷静而狡诈，不会像喝醉时不分青红皂白地打我们，而是以他独有的狡猾而熟练的手段，用生皮鞭的末端抽打某个落后奴隶的痛处。

他早年是一名工头兼监工，但此时已在霍夫鲍尔河拥有了一片种植园，离霍姆斯维尔两英里半，离马克斯维尔十八英里，离切尼维尔十二英里。这片种植园曾隶属于他妻子的舅舅约瑟夫·B.罗伯茨,艾普斯租下了它。他主要的生意是种棉花。由于一些读者可能从没见过棉花地,因此有必要对它的种植方式描述一番。

用犁具在土地上耕出田埂,牛和骡子负责犁地,通常都是用骡子。女人和男人从事着同样繁忙的劳作,喂食、梳毛、照顾自己的牲口,在地里和牲畜栏里干着各种活,跟北方的耕童们从事的劳作一模一样。

田埂有六英尺宽,也就是水沟到水沟的距离。骡子拖着犁沿着田埂拉出沟,女奴通常会在脖子上挂个袋子,从里面取出种子撒进沟里。骡子拉着耙跟在身后将种子埋起来,因此种一排棉花需要两头骡子、三个奴隶以及犁和耙。棉花需要在三四月种下,二月种玉米。没有冷雨的话,棉花在一个礼拜内就会发芽,八到十天后会开始第一次锄地。这部分的活儿也需要用到犁和骡子,把犁尽量贴近两边的棉花,沿着土沟犁地。奴隶们举着锄头跟在后面,锄掉杂草和棉花,留下隔着两英尺半的土堆,这一过程叫作刮棉。两个礼拜后开始第二次锄地,这次把犁具压在棉花上,每排土堆上只保留最大的一株棉花秆。再过两个礼拜开始第三次,和之前一样把犁具压在棉花上,把每排之间的杂草除个干净。大约在七月初,棉花长到一英尺高左右后,进行第四次也是最后一次锄地,现在每排之间的土地都被犁过了,只剩下一条深深的水沟留在中心。在这几次锄地期间,监工或者工头会握着鞭子坐在马背上跟着奴隶们,如之前所述,最快的锄地者会带着头,通常比他的同伴领先一杆的距离。如果有人超过了他,他就会被鞭打。如果有人落后或是偷了会儿懒,也会遭到鞭打。事实上,鞭打声从早响到晚,鞭子一整天都在挥舞。锄地的季节从四月持续到七月,一片地一旦完工,立刻又会开始新一轮工作。

八月下旬摘棉季开始,这次每个奴隶都会拿到一个麻袋,上面扎着根带子,绕在脖子上,袋口挂在胸前,底部将近垂到地上。每个人还会拿到一只大竹篓,约能容纳两只木桶,麻袋装满后就把棉花放进竹篓。竹篓会被带到地里,放在每一排的最前面。

没干过这种活儿的新手第一次下地时会被鞭子狠狠地抽一顿,要求他摘棉能摘多快就摘多快,晚上称重时就能知道他摘棉花的能力。在接下来的每一天,他都必须摘到同样的分量。如果摘少了,就会被认为是在怠工,多少要遭到一顿鞭打作为惩罚。

通常一天的工作量是两百磅,一个已经适应工作的奴隶如果没摘够这个量就会受到惩罚。这种活儿在不同奴隶手中也是天差地别,有些人似乎天生拥有诀窍,摘起棉花来眼疾手快。而另一些人,不管怎么努力练习都无法达到普通水准,这些帮手会被从棉花地里带走,分配到其他的工作。不得不提一下帕茜,她是贝夫河最出色的摘棉好手,摘棉时双手的速度快得惊人,一天摘个五百磅对她来说不算稀罕。

每个人都会根据他们的采集能力分配任务,但都不能少于两百磅的量。我非常不擅长那份工作,达到两百磅就能让主人满意了。另一方面,如果帕茜没能摘到比我多一倍的量,肯定是得挨鞭子了。

棉花能长到五到七英尺高,每一株上都有许多枝干,伸向四面八方,在水沟上互相堆叠。

少有风景能比得上宽阔的棉花地中棉花盛开的宜人景象，一片纯净，像是漫天洁白轻盈的初雪飘落在大地之上。

有时候奴隶先在田埂的一边采摘，然后再到另一边，但通常每边都会有人，采取所有已开放的棉花，剩下的棉荚等到开放后再摘取。麻袋装满后就把棉花倒进竹篓并踩平，第一次下地要极其小心，避免将枝条从茎秆上折断，断了的枝条上棉花是不会开放的。艾普斯从来不会漏掉哪个不幸的奴隶，无论是出于粗心还是无法避免，只要折坏了——哪怕一点——也会受到他最严厉的处罚。

早上天一亮，奴隶们就必须下到棉花地，只有中午十到十五分钟的时间允许他们吞两口冷培根，不容许有一刻的怠慢，直到晚上黑得看不清了。如果正值满月，干到深更半夜也是常事。即便在晚餐时分，他们也不敢停下或是回到住处，不管有多晚，直到监工下令让他们收工。

一天的工作完成后，竹篓会被收集起来，换句话说是被运到榨棉厂，然后在那里称重。不管多疲劳困乏，也不管有多渴望睡觉休息，奴隶带着一竹篓的棉花前往榨棉厂时总会忧心忡忡。如果分量不够，如果没完成指派给他的工作量，他知道必须因此受罚。如果超出了十到二十磅，他的主人多半会按此布置他第二天的工作量，所以不管是少了还是多了，前往榨棉厂时奴隶们总会心惊胆战。通常都会偏少，因此他们不急着离开棉花地。称重后就是一顿鞭打，然后竹篓会被带到棉花库，篓里的棉花像干草一样被储存起来，所有人手都会被派去将棉花踩平。如果棉花没干，就不会被立刻送进榨棉厂，而是被摊开在两英尺高六英尺宽的平台上，盖着木板。狭小的过道从中间穿过。

做完这些事之后，一天的劳动还未结束。每个人还得处理自己的杂务活，有的喂骡子，有的喂猪，还有的砍柴等等，除此之外还要借着烛光把一切收拾完毕。最后直到深夜，他们才回到住处，一整天的劳累使他们昏昏欲睡。小屋里还得点上火，把玉米撒进手推磨，准备晚餐及第二天下地时的正餐。他们的伙食只有玉米和培根，每个礼拜天早上在玉米仓库和熏制室领取，作为他们一周的供给。只有三磅半的培根和大量的玉米，没有茶、没有咖啡、没有糖，偶有例外会得到一丁点盐。可以说，在我跟随艾普斯主人的十年间，没有一个奴隶得过因生活质量过高而引起的痛风。艾普顿主人的猪喂的是玉米苞，玉米穗则扔给奴隶。他认为给猪喂在水里浸泡过的玉米苞，肥得会更快，或许，如果用同样的方式喂奴隶，他们会胖得无法劳动。艾普斯主人精打细算，知道怎么管理自己的牲畜——无论是喝醉还是酒醒时。

玉米磨在庭院的一间屋棚下，像是一架普通的咖啡磨，漏斗的容量约为六夸克。艾普斯主人授予了每位奴隶一项特权，他们可以在晚上磨玉米，按照每日所需每晚磨少量，或者在周日一次性磨完他们一周的分量，随他们喜欢。艾普斯主人真是慷慨！

我把自己的玉米放在一个小木盒里，餐食放在葫芦瓢里，顺便说一下，葫芦瓢是在种植园中最方便必要的道具之一，除了可以在奴隶小屋中担当各种器皿之外，还能装水带到地里，另外还能放午餐，省去了提桶、长柄勺、木盆等盆盆罐罐的多余品。

研磨完玉米，生好火，把培根从钉子上取下，切下一片放在煤炭上烤。大多数奴隶都没有刀，有叉子的就更少了，他们用木柴堆边的斧子切培根。玉米餐中混点水，放到火上烘烤，烤到焦黄时再把灰刮掉，放到代替桌子的木块上。奴隶棚中的房客们便坐到地上准备用餐了，通常此时已经是午夜。当他们躺下休息时，前往榨棉厂时那种对惩罚的恐惧感再次向他们袭来——这是担心自己第二天睡过头的恐惧，违例者至少得挨上二十鞭。他们每晚祈祷着自己在听到第一声号角后就能起身醒来，然后沉沉地入睡了。

世界上最软的床榻永远不会出现在奴隶的木屋里。我躺了多年的床榻是一块十二英寸宽十英尺长的木板，枕头则是一根木头，铺盖是一条粗糙的毯子，身旁连破布碎片也没有。要不是苔藓会生出一群虱子，或许可以当作被褥。

小屋是用木头造的，没有地板也没有窗户，窗户完全没有必要——木头之间的缺口能带来充沛的光线。暴雨天，雨点会从缺口打进来，令人浑身不自在。粗糙的门上挂着一根巨大的木质铰链，木屋的一端造了座简陋的火炉。

天亮前的一个小时，号角声响起。奴隶们起床准备早餐，在一只葫芦瓢里倒上水，另一只里存好他们的中餐——冷培根和玉米饼，然后便匆匆赶到了地里。如果在拂晓后发现仍在宿舍，则是违规，免不了一顿鞭打。又一天的恐惧和劳作开始，在天黑前没有片刻休息。有的人担心自己一整天都落后别人，有的人害怕晚上载着一篓子的棉花前往轧棉厂，有的人则忧虑躺下后早上会睡过头。这就是贝夫河岸的摘棉季里，对奴隶们的日常生活真实可信、毫不夸张的描绘。

到了一月，通常第四次和最后一次摘棉已经完成，开始播种玉米。玉米被视为二等作物，受到的重视远不及棉花。就如之前所说，二月开始种玉米。在那片地区，种玉米是为了养猪和喂奴隶，即便有也是很少一部分才会被送到市场上卖。品种是白玉米，穗大，株长八到十英尺。八月份，叶片会被剥落，在太阳下晒干，扎成小捆，储存起来作为骡子和牛的饲料。剥完叶片后，奴隶会下地把玉米穗压低，以防雨水渗进谷粒里。在这种状态下任其生长。直到摘棉期结束，无论早晚。然后才把玉米穗从茎秆上掰下，连着玉米荚存进玉米仓库，要是把荚剥掉，象鼻虫会把玉米蛀坏。茎秆仍然会留在地里。

那里也会种一点甘薯，然而并不是用来喂猪喂牛的，只有一点点用处。把它们放在地面，铺上一小层泥土或玉米秆，以此保存下来。贝夫河不建地窖，地势太低，地窖会进水。甘薯只值二三十美分，或者一桶几个先令。玉米也是卖同样的价钱，除了碰上偶尔的短缺时期。

棉花和玉米作物一旦被保存好，它们的茎秆就会被拔掉，堆在一起焚烧。犁地也在同一时刻开始，重新犁出田埂，准备新一轮的种植。拉皮德县和阿沃耶尔县地区，乃至整个南方的土地，凡是我所见之处，都是异常的肥沃富足。这是一种泥灰土，呈棕色或淡红色，不像贫瘠的土地还需要施肥，而且同一种作物在同一片地里可以连续种上几年。

犁地、种植、摘棉、收玉米、拔茎秆焚烧这些活儿占据了一年四季，拉木头、砍柴、轧棉花、养猪杀猪都只是杂活。

九十月份，野猪被猎狗赶出沼泽地，圈养起来。在某个寒冷的早晨——一般是在新年那天，它们会被屠宰。每头猪会被分成六部分，抹上盐叠起来，放在熏制室的大桌子上。两个礼拜后再把它们挂起来，升起火，在年末前熏上大半时间。为了防止培根生虫，彻底的烟熏是必不可少的。在温暖的气候下，肉会变得难以保存，许多次我和我的同伴领到每周三磅半的培根时，上面爬满了恶心的寄生虫。

尽管沼泽地被牛群占领，但从很大程度上说，它们从来不是盈利的来源。种植园主在牛耳朵上刻下标记，或是在身体的一侧烙上姓名缩写，然后把它们赶进沼泽地，任其肆意地奔腾。它们是西班牙品种，体形较小，犄角为钉形。我曾经听说有牛群从贝夫河运走，但这是极少数情况。最好的奶牛每头值五美元，一次两夸脱便被视为是相当可观的产奶量了。它们少产脂肪，而且质量欠佳。尽管沼泽地中牛群甚多，种植园主仍依赖于北方的奶酪和黄油，这在新奥尔良的市面上可以买到。无论是在大屋还是小屋中，腌牛肉不可作为食物。

为了赢取所需要的新鲜牛肉，艾普斯主人常常参加射击比赛。这类运动每周会在邻镇霍姆斯维尔举办，肥硕的牛群被赶到那里以供射击，优胜者有特定的奖励。幸运的神射手把牛肉分给他的同伴，参赛的种植园主都能通过这种方式得到一份牛肉。

花园里的作物，如卷心菜、萝卜等，培育后是供主人和他的家人使用的。这里一年四季时时都有绿色蔬菜。在寒冷的北方，荒凉的秋风吹起前，"草必枯干，花必凋残"。但在贝夫河一带，温暖的低地上草木常青，隆冬里鲜花盛开。

这里没有专门栽培青草的牧场，玉米叶为劳作的牲口提供了充足的食物，其余的以全年遍地生长的牧草为食，自给自足。

南方的气候、习惯、风俗以及生活和劳动方式还有很多其他特点，但是前面所述的内容旨在为了让读者对路易斯安那棉花种植园的生活有个大致的了解和洞悉，至于培育甘蔗的方式，以及糖的制造过程则会在别处另谈。

13 无休止的劳作

一到艾普斯主人的种植园,我就遵从他的指示,第一件工作是做一把斧柄。这里常用的手柄不过是一根圆长柄,而我按照北方习惯使用的样式做了一根曲柄。完成后给艾普斯看时,他备感惊讶,不理解这究竟是什么。他以前从没见过这样的握柄,我解释了它的方便之处。听到这新鲜的点子之后他恍然大悟,把它在屋子里存放了很长时间。有朋友来访时,他就拿它当珍品一样展览给他们看。

正值锄地时节,我一开始被分配到了玉米地,之后又被派去刮棉花,一直做到锄地时节快结束时,我身上开始出现生病的症状。先是打寒颤,后来演变成了发烧。我变得虚弱憔悴,频繁地头晕,使得我像醉汉一样蹒跚摇晃。即便如此,我还是被逼着保持进度,健康时跟上同伴并不难,现在却似乎根本不可能。我时常落后,监工的皮鞭理所当然地光顾我的后背,往我不适而低垂的身体中灌输短暂的动力。身体持续恶化,到最后鞭打也完全无效,生皮鞭毒辣的叮咬也无法使我站起。终于到了九月,繁忙的摘棉季近在眼前，我却无法离开小屋。到此时为止，我没服用任何药物，也没得到主人或夫人的任何关照。我虚弱得无法再照料自己，老厨师偶尔会来看望我，给我准备咖啡玉米，有时煮一点培根。

听说我快死了，艾普斯主人不愿承担这笔损失——一个死掉的奴隶原本可以给他带来一千美元的价值，于是决定花费点开销去霍姆斯维尔请来了瓦恩斯医生。瓦恩斯告诉艾普斯我是受气候的影响，我可能会死。他命令我不准吃肉，除了维持生命之外不许过量进食。几个礼拜转眼过去了，在受限的少量饮食下，我有所好转。一天早上，我的身体还远无法劳动，艾普斯就出现在了小屋门口，给了我一个麻袋，命令我去棉花地。那时我没有摘棉花的任何经验，干得很糟糕。我难以领悟其他人摘下棉花放入麻袋口的精准灵活的动作，我只能单手抓住棉荚，另一只手小心翼翼地取出蓬松的白棉花。

此外，把棉花放进口袋也是个需要手眼练习的困难活儿。我经常不得不捡起掉在地上的棉花，几乎每从枝干上摘一次就掉一次。我还时常折坏棉枝，又大又笨重的麻袋装着完好的棉荚，在棉地里晃来晃去——这是不被允许的。艰苦的一天结束后，我载着棉花来到轧棉厂。重量称下来只有九十五磅，还不及对最差的摘棉者要求的一半。艾普斯威胁要施以最严厉的鞭刑，但考虑到我是一名生手，决定这次原谅我。接下来的那天以及之后的许多天，我晚上都铩羽而归，显然我不是干那活儿的料。我没那种天赋，不像帕茜那样有灵活的手指和敏捷的动作，能飞速地摘完一排棉花，剥下洁白柔软的白棉，如鱼得水。练习和皮鞭一样都对我无效,艾普斯最后终于明白了这一点,骂我真是个丢脸的家伙,不配做一名摘棉花的黑奴,一天摘下的量简直不值得麻烦去称重,让我不用再去棉花地了。于是我被派去做砍柴搬木头的工作,把地里的棉花运到轧棉厂,需要什么我就做什么。不消说,这里是不允许我无所事事的。

一天下来总得挨上一两鞭,通常是在称棉花的时候,那些分量不够的失职者会被带出去,脱去衣服,脸朝下躺在地上,根据他的过失施与惩罚。事实上可以毫不过分地说,在艾普斯的种植园内,自天黑到就寝时都能听到皮鞭的抽打声,以及奴隶的尖叫声,整个摘棉季,每一天皆是如此。

惩罚的鞭数视各自情况而定:二十五鞭算是家常便饭,比如在棉花里发现一片干叶或一个棉荚,又或是在地里折坏了一节棉枝;五十鞭是针对高一级的过失处以的普通惩罚;一百鞭算是严厉的了,用以惩罚在地里偷懒这类严重的过失;一百五十鞭到两百鞭用于惩罚与同屋舍友争吵的奴隶;如果挨上了五百鞭,除了伤害猎犬外,当属那些可怜不幸的逃跑者,这够他们忍受好几个礼拜的痛苦与折磨了。

在待在霍夫鲍尔种植园的两年间,艾普斯至少每两个礼拜就会醉醺醺地从霍姆斯维尔回到家中——几乎每次射击比赛结束后他都会纵酒作乐。此时他会变得喧闹疯癫,时常打碎碗碟、桌椅以及任何他伸手能及的家具。在屋子里闹够了之后,他就抓起鞭子径直走进庭院,接着奴隶们要警惕起来,加倍留神了,第一个被他靠近的人会挨上狠狠一鞭。有时一连好几个小时,他都会追着奴隶四处乱跑,追得奴隶躲进木屋的角落。偶尔趁其不备抓住一个,挥上又重又狠的一鞭,他就会兴奋不已。年幼的孩子和年纪大的因为身体不灵活常常遭这份罪。在混乱中,他会狡猾地站在小屋后,举着鞭子等候,黑黝黝的脸庞一从角落里小心翼翼地探出,他就使劲一挥。

其他时候回到家中则不会如此残暴,只是必须要弄点乐子。于是所有人都要跟着曲子的节拍动起来,艾普斯主人娇贵的耳朵需要得到小提琴的取悦,他变得轻盈灵活,愉快地围着广场和房屋点着脚趾跳起舞来。

提毕兹在卖掉我时告诉他我会拉小提琴,这是他从福特那里听说的。在艾普斯夫人的强烈要求下,她的丈夫被怂恿去新奥尔良游玩时,给我买了一把小提琴。我常常被叫进屋,在他们一家子面前演奏。夫人十分热爱音乐。

无论何时,只要艾普斯怀着跳舞的兴致回到家中,所有人都会在大屋的大房间里集合,不管我们有多疲倦劳累,都必须跳一段舞。在地板上站好位后,我就会拉起旋律。

"跳,你们这些该死的黑鬼,跳起来!"艾普斯这么喊道。

不得犹豫,不得拖延,也不准动作迟缓、萎靡不振,所有人必须轻快活泼、动作敏捷。"上——下——脚跟——脚趾——跳——"全是这种命令。艾普斯发福的身体混在黝黑的奴隶中,在迷乱的舞步间迅速移动。

通常他手握皮鞭,随时准备抽向那些敢冒昧停下来休息的奴隶耳边,即便喘口气也不行。直到他自己跳累了,才会有片刻的停歇,但也仅仅是片刻而已。随着一声鞭响回荡于房间,他再次大喊:"跳,黑鬼们,跳起来!"奴隶们又一次慌乱无章地动起来。我坐在角落匆匆抽出小提琴，拉出一段欢快的舞曲，偶尔还被鞭子擦到。夫人常常责备他，声称要回到切尼维尔的娘家，然而目睹了他令人捧腹的胡闹之后，又好几次忍不住放声大笑。我们频频被拖到快天亮时。好几夜，在埃德温·艾普斯的房屋中，他不幸的奴隶们被迫跳舞欢笑，背负着过度的疲劳。我们得不到一刻的放松，只想扑到地上痛哭一场。

为了满足这位不讲理的主人的一时兴起，我们不但被剥夺了休息时间，天一亮还要下地干活，完成平日的工作量。被剥夺的休息时间也不能作为摘棉花达不到量，或是玉米地中锄地效率迟缓的借口，鞭打就跟我们晚上休息充沛、早上精神抖擞地出门时一样严厉。事实上，在一夜狂欢后，他反而比之前更乖戾残暴，为微不足道的理由就要惩罚奴隶，挥鞭也更加恶毒。

我不计回报地为他干了十年，付出了整整十年未间断的劳动为他不断积累财富。十年，我不得不低垂着目光，光着脑袋，以奴隶的姿态和言语同他讲话。除了枉受的责骂与鞭打，我对他没有丝毫亏欠。

远离他无情的鞭子，站在我所出生的自由之地上，感谢上帝，我能够再次在人群中抬起头来，举起视线，道出我承受的磨难以及那些施暴之徒。但我只想如实地谈论他以及其他人，如实地说起埃德温·艾普斯，他的内心之中是找不到仁慈与公正的品质的。粗鲁野蛮，没有教养，贪得无厌就是他的主要特点。他被称作"黑奴破坏狂"，以擅长压迫奴隶的精神闻名，他为自己这方面的声誉洋洋自得，像是骑手吹嘘他驯服悍马的本事。他不把黑人当人看，认为这是造物主赐予他的一小种才能，把奴隶视作

"私人动产",不过是活动的财产,就同他的骡子和狗一样,只不过价值略高。当证据——证明了我是一名自由人,与他享有同等的自由的证据明白无误地摆在他眼前时,在我离开的那一天,当他被告知我有妻子和孩子——他们于我就如同他的宝贝于他一样珍贵——的时候,他只是破口大骂,谴责法律把我从他身边夺走,声称只要金钱派得上用场,他会不顾一切找出寄信人,信上泄露了我被囚禁的地址,然后杀了他。他只考虑自己的损失,咒骂我生而自由的事实。只要能给他带来利益,他能不动声色地看着可怜的奴隶被树根扯断舌头,看着他们在火中慢慢被焚为灰烬,或是被猎狗活活咬死。埃德温·艾普斯就是这么一个冷血残酷的不义之徒。

贝夫河还有一位更残暴的奴隶主,如之前所说,吉姆·彭斯的种植园专门由女奴耕种。那个野蛮人把她们的后背打得皮开肉绽,根本无法完成奴隶日常规定的劳动。他还吹嘘自己的残暴,在那一整片地区,他被视作是比艾普斯还要彻头彻尾、精力旺盛的残虐暴徒。吉姆·彭斯是个畜生,对他的施虐对象没有丝毫怜悯,像个蠢货一样鞭打奴隶,抽走他赖以收获的女奴身上的精力。

艾普斯在霍夫鲍尔待了两年,积累了一笔可观的财富后,他耗尽积蓄买下了贝夫河东岸的种植园,然后搬去那里居住。他是在1845年圣诞节过后买下那里的,带了九名奴隶,除了我和后来死去的苏珊,其他人都留在了那里。他没有再添置人力,之后的八年间这些人就是和我同住的伙伴:艾布拉姆、威利、菲比、鲍勃、亨利、爱德华和帕茜。除了爱德华生来就是他的奴隶外,其他人都是艾普斯在担任艾奇·B.威廉姆斯的监工时买下来的。威廉姆斯的种植园位于红河岸边,离亚历山德里亚不远。

艾布拉姆很高,比起普通人整整高出一个头,他六十多岁了,生在田纳西。二十年前,他被一名贩子买下,带到了南卡罗莱纳州,卖给了威廉姆斯堡的詹姆斯·布福德。年轻时以力气大著称,但是年岁与无节制的劳作一定程度上消磨了他强健的体格,钝化了他的大脑。

威利四十八岁,出生于威廉·塔塞尔的庄园,多年来一直负责在南卡罗莱纳州的大黑河为那位先生摆渡。

菲比是塔塞尔的邻居布福德的奴隶,嫁给了威利。在她的恳惠下,布福德买下了威利。布福德是个仁慈的主人,也是县里的治安官,那时候颇为富裕。

鲍勃和亨利是菲比的孩子,由她和前任丈夫所生,他们的父亲因为要给威利留出位置而遭到遗弃。年轻有魅力的威利赢得了菲比的倾慕,因此不忠的妻子温和地将她的第一任丈夫踢出了自己的小屋。爱德华是他们在霍夫鲍尔生下的。

帕茜二十三岁,同样来自布福德的种植园。她与其他人并没有关系,以自己是几内亚黑人的后裔为豪。她的母亲被一艘奴隶船运到了古巴,在交易中被卖给了布福特。

这些就是我所听说的有关那些奴隶们的家史。他们共处了多年,常常回忆起昔日的时光,感叹他们在南卡罗莱纳的老家走过的足迹。他们的主人布福德麻烦缠身,这些麻烦给他们带来了更大的困扰。他负债累累,无力承担大笔的损失,不得已只能将他们和其他的奴隶一起卖掉。他们被链条锁着,穿过密西西比河,被赶到了艾奇·B.威廉姆斯的种植园。埃德温·艾普斯在那里做了很长一段时间的工头和监工,正准备筹建自己的生意。奴隶们一到就被当作工资支付给了他。

艾布拉姆老大爷是一个热心肠的人,是我们中间的长者,喜欢和年轻的伙伴们谈论严肃的话题。他深受在奴隶小屋中形成的人生观的影响,但艾布拉姆老伯最大的爱好还是杰克逊将军,他在田纳西的年轻主人曾跟随杰克逊将军上过战场。他喜欢追溯往事,想象他出生的地方,讲述他年轻时国家处于战乱时期的场景。他曾经体格健壮,比起他的同龄人还要强壮、敏捷,但是现在他的眼睛已经黯淡了,天生的蛮力也消失了。讨论起烤玉米饼的最佳方法或详述杰克逊的光辉事迹时,他常常忘了自己把帽子、锄头或是篮子放在了哪儿。如果艾普斯不在,大家就会笑他;如果在场,他就会受到鞭打。他却一再地健忘,感叹自己已年老体衰。人生观、杰克逊和健忘症常使他的脑子乱作一团,显然,这些加在一起很快就把头发花白的艾布拉姆老伯带进了坟墓。

菲比姨妈是种地的一把好手,但后来被安排到了厨房,她留在那里工作,只有偶尔忙不过来时才出来帮忙。她是个圆滑的老女人,夫人和主人一旦不在,她就开始喋喋不休。

相比之下,威利沉默寡言,工作时从来不抱怨咕哝,很少侃侃而谈,只是表达想逃离艾普斯的愿望,再次回到南卡罗莱纳。

鲍勃和亨利分别二十和二十三岁,没什么特别之处。爱德华是一个十三岁的孩子,还跟不上玉米地和棉花地的工作进度,所以只是待在大屋,服侍艾普斯的孩子们。

帕茜身材苗条修长，站直后身姿挺拔得无可挑剔，一举一动中带着份高贵的气质，这气质不是劳作、疲惫或是惩罚所能摧毁的。说真的，若不是被奴役的命运将她的才华笼罩完全而永恒的黑暗中之中，帕茜这个完美的人早就立于万人之上。她能跃过最高的栅栏，在赛跑上，要一队的猎犬才能追得上她；她是名高超的骑手，没有一匹马能把她从背上甩下来；她犁过的地毫无疑问是最好的，劈柴上也是无人能及。晚上一听到收工的命令，她就把骡子关进了圈里，卸下马具，喂好食梳好毛，而艾布拉姆老伯还在找他的帽子。然而，这些都不是她最出名的地方。她的手指如闪电般灵活，远非他人能及，因此在摘棉季，帕茜是地里的女王。

她的性格温和友善，忠实又顺从，天生乐观豁达，是个快活的姑娘，仅仅是活着就能令她满足。可帕茜哭泣的次数、遭的罪比她的同伴都要多。她总是受到责骂，背上留下了上千条的鞭痕，不是因为在工作上落后，也不是因为她漫不经心、反抗主人，而是因为她成了一位放纵的主人和一位嫉妒的夫人的奴隶。她在主人贪婪的目光下退缩，落在夫人手中更是性命堪忧，在他们两人之间，她注定是不幸的。大屋连日传出大声怒骂，充斥着冷战和隔阂，而她成了无辜的诱因。没什么比看着她受苦更能让女主人高兴的了。艾普斯拒绝将她卖掉时，夫人不止一次地收买我诱使我偷偷地将她杀死，把尸体埋在沼泽边的偏僻之地。如果帕茜有能力，她肯定愿意开导夫人那不可饶恕的灵魂，但不像约瑟夫那样胆敢从艾普斯主人那里逃走，只将衣服留在他手里。帕茜生活在乌云之下，哪怕吐出一个字反抗主人的意愿，立刻就会遭受鞭打，打到她屈服为止。在小屋附近或是庭院中走动时，只要稍不留神，一块木材或是一个碎瓶子就会从夫人手中飞出，毫无防备地砸在她脸上。她成了欲望和妒火的受害者，被奴役的帕茜在生活中没有一刻安宁。

这些就是我的奴隶同伴。我常常和他们一起被赶到地里，命运安排他们同我一起在埃德温·艾普斯的木屋里住了十年。如果他们还活着，或许仍在贝夫河岸辛勤劳作，注定无法像我一样呼吸到自由的空气，也无法摆脱束缚他们的沉重镣铐，直到在黄土中永远沉睡。

14 我们热爱自由

1845年，艾普斯搬到贝夫河的第一年，毛虫几乎完全毁掉了那片地区的棉花作物。奴隶们无所事事，半数时间都闲着。然而，有流言传到贝夫河说圣玛利亚教区的甘蔗园需要大量劳动力，薪水丰厚。教区位于墨西哥湾海岸，距阿沃耶尔约有一百四十英里远，里约特克大河流经圣玛利亚通向墨西哥湾。

一听到这个消息，种植园主们就决定组织一支奴隶队伍，派他们去圣玛利亚的塔卡坡，把他们租给甘蔗园。因此，到了九月，霍姆斯维尔聚集了一百四十七名奴隶，艾布拉姆、鲍勃和我也在其中，近一半是女奴。艾普斯、阿隆松·皮尔斯、亨利·托勒和爱迪生·罗伯茨被挑选为负责带领这批队伍的白人，他们乘坐的是一辆两驾马车。罗伯茨的奴隶约翰驾着一辆有四匹马拉动的大型货车，上面载着毯子和供给品。

大约下午两点，吃好饭后，我们就做好准备出发。布置给我的任务是照管好毯子和供给品，以及确保路上没人掉队。马车在前面行进，货车紧随，奴隶安排在之后，最后两名骑手殿后，按照这一顺序，队伍向霍姆斯维尔出发。

十到十五英里后，我们在晚上抵达麦克劳先生的种植园，然后收到命令停脚。我们生起旺盛的篝火，每个人在地上摊开毛毯躺下，白人都住在大屋里。天亮前一个小时，我们被工头们吵醒，他们挥舞着鞭子走在我们中间，命令我们快起床。奴隶们卷起毯子，陆陆续续送到我手上，我把毯子放上货车，队伍再次出发。

之后的那晚下起了暴雨，我们被淋成了落汤鸡，衣服也被泥水浸透。我们来到了一间宽敞的棚屋，这里以前曾是轧棉厂，队伍在破屋下面避雨。这里的空间不够我们所有人躺下，只有挤作一团依偎在一起度过长夜，早上如往常一样继续赶路。旅途中，我们一天吃两顿，在篝火上煮煮培根烤烤玉米饼，就跟在小屋里一样。我们经过了拉斐特镇、山峰镇、纽敦，来到森特维尔，鲍勃和艾布拉姆老伯在那里被雇下。随着队伍的前进，我们的人数渐渐减少，几乎每片甘蔗园都需要一个或者多个人手帮忙。

前进的路线上，我们经过了大高地——或称大草原，那是一片广阔、空荡的平地，没有一棵树，偶尔才会在破旧的屋宅找到一棵被移植过来的。这里曾经人口众多，土地也曾开垦，但因为某些原因遭到了遗弃。现在分散在此地的居民主要靠畜牧为生，我们经过时，大批的牧群正在进食。大高地中心让人感觉像是在汪洋之中，一眼看不到陆地。触目所及，四面八方都是荒废与遗弃的垃圾。

我被雇给了特纳法官，他是位杰出的人士，以及一名富裕的种植园主，在萨尔河一带拥有大片庄园，离墨西哥湾不到几英里。萨尔河是一条小溪，流入阿查法拉亚河。有段时间，我被特纳叫去修理糖厂，后来他给了我一把甘蔗刀，与其他三四十个人一起，我被分配到了地里。我发现砍甘蔗的技巧比起摘棉花要简单多了，我自然而然就掌握了，很快我便赶上了最快的那把刀。在砍甘蔗结束之前，特纳法官却又把我从地里转到了糖厂，去那里担任工头。从制糖开始到结束，研磨和煮炼日夜不停地进行。他给了我一把鞭子，吩咐我抓到偷懒的就抽上去。如果我没照他的话做，他会给我的后背准备另一根鞭子。除此之外，我的职责还包括在合适的时间段让不同的部门开工和叫停。我没有固定的休息时间，只能偶尔抽空小睡一会儿。

这是路易斯安那州的惯例，我猜其他蓄奴州也是如此，礼拜日工作的奴隶可以保留任何由他服务所得的补偿。只有通过这种方式，他们才能为自己添置一些奢侈或方便物品。在北方购买或是绑架的奴隶，被运送到贝夫河的小屋时，不允许携带刀叉、碗壶，或是其他任何陶器状物品，也不需携带做此类用途的道具。在到达目的地之前只准带一条毛毯，如果主人用不到毯子，奴隶可以裹着它站着，也可以躺在地上或是木板上。他可以随意找个葫芦瓢来存放他的餐食，也可以啃玉米棒，随他喜欢。如果向主人要刀子、煎锅，或是其他此类便利品，就会被踢上一脚作为回应，或是被当作笑话遭到嘲笑。奴隶小屋中能找到的生活必需品都是用礼拜天赚得的钱购置的。无论精神上受到多大伤害，获许在安息日破例对奴隶的身体状况来说是一件幸事。否则，他们就无法获取一些对不得不自己下厨的奴隶来说不可或缺的用具。

在甘蔗园的糖季里，一周七天没有任何区别，大家都知道所有人手,特别是那些雇来的奴隶都必须在安息日劳动。他们同样清楚,比如被特纳法官雇来的我以及随后几年过来的,都明白会因此得到报酬。这种事稀松平常,在最繁忙的摘棉季里也同样需要额外的劳动力。通过这一机遇,奴隶们一般都能赚到足够的钱买刀子、水壶、烟草等等。女奴不需要烟草,她们更倾向把微薄的收入用来买些艳丽的绸带,以便在欢乐的节假日打扮一下头发。

我在圣玛丽一直待到一月初。期间,我礼拜天的积蓄达到了十美元。多谢我的小提琴,我另外赚了笔不小的收入,它是我永恒的伙伴、赚钱的源泉,在我被奴役的多年间抚慰我的悲伤。森特维尔的雅尼先生家中举办了一场盛大的白人聚会,那是特纳种植园附近的一个小村庄。我被雇去为他们演奏,那些玩乐之人对我的表演十分满意,付给了我一笔钱,共有十七美元。

有这笔数目在手的我被同伴们视为百万富翁。我无比喜悦地看待这笔钱,日复一日,数了一遍又一遍。水桶、折刀等小屋用品以及新的鞋子、大衣和帽子浮现在我的脑海,在这些幻想之间又升起了一种得意感:我是贝夫河最富有的黑奴。

有许多船只从里约特克驶向森特维尔,有一天,我壮着胆子来到一位蒸汽船船长的面前,恳求他允许我藏在货物之间。我有这胆量冒此风险走出这一步,是因为我无意中听到的一段对话,从而确定他是一位北方人。我没有对他具体地讲述我的故事,只是表达出想要摆脱奴隶制逃亡到一个自由州的迫切愿望。他很同情我,但是说要躲过新奥尔良海关的警戒是不可能的。一旦发现,他就会受到处罚,船也会被没收。我诚恳的哀求显然激起了他的同情,要是有安全的方法，他无疑会向自己的同情心妥协的。我不得不吹灭这股突然在我心中蹿起的天真地希望得到自由的火苗，再一次迈进了绝望的深渊，越往下越黑暗。

紧接这件事之后，奴隶们聚集在森特维尔，几个奴隶主也到了，他们筹集了我们服务所得的酬劳，然后把我们赶回了贝夫河。回去的路上，经过一个小村庄时，我看到了提毕兹。他坐在一家脏乱的酒吧门口，看上去污秽不堪、不修边幅。毫无疑问，是他的暴脾气和劣质的威士忌使得他碌碌无为。

我从菲比姨妈和帕茜那里听说在我们不在期间，帕茜在麻烦中陷得越来越深，这个可怜的女孩儿太令人同情了。当"老肥猪"——奴隶们私下里这么称呼艾普斯——酩酊大醉地从霍姆斯维尔回来的时候，就会比以前更严厉、更频繁地打她。尤其是这几天，每次回来就举起鞭子抽她——仅仅是为了讨好他的夫人。他对她的惩罚几乎超过了容忍的限度，而他自己才是罪魁祸首。清醒时，他永远不会被他的妻子唆使，放纵她得寸进尺的报复心。

设法卖掉或是弄死她，或者通过其他方式让帕茜从自己视线中消失，不再碰到她，摆脱掉帕茜似乎成了夫人最近几年的爱好。帕茜从小就讨人喜欢，即便是在大屋里，因为活泼可爱、性情随和而受人宠爱。艾布拉姆老伯说，在她小时候，夫人经常把她叫到广场上喂给她吃的，甚至给她饼干和牛奶，将她当作是俏皮的小猫一样爱抚。但是她的性情发生了糟糕的转变，现今占据在她心房的只是一头黑暗而愤怒的恶魔，她看待帕茜的眼神中凝聚着恶意。

毕竟，艾普斯夫人不是天生就是一个恶毒的女人，她被嫉妒的心魔缠绕，除此之外，她的性格确实有不少可敬之处。她的父亲罗伯茨先生住在切尼维尔，是位有影响力、备受尊重的人，在这片地区也是德高望重。她在密西西比河附近的某所学校接受过良好的教育，长得漂亮，才华出众，平时温文尔雅。她对我们所有人——除了帕茜——都很友好，她丈夫不在时经常分一点自己桌上的佳肴给我们。在其他情况下，在贝夫河岸的各种场合中，她都被视为一名高雅而迷人的女性。不幸的是，她却投入了艾普斯的怀抱。

他以他粗野的性格，以自己所能的方式，尽量爱戴着自己的妻子，但是极度的自私常常盖过了夫妻之情。

"天性卑劣，他依然尽其所能地去爱，
　可他的内心与灵魂始终卑劣。"

只要代价不大，他会试着满足她提出的任何起兴和要求。帕茜相当于他棉花地里的两个奴隶，他不能按价将她卖掉，因为她能带来更大的财富。所以处理掉她的想法艾普斯无法接受，夫人却压根不这么觉得。女人任性的自傲心作祟，南方激烈的血统在面对帕茜时达到了沸点，唯有尽情践踏那个无助女奴的生命才能让她满足。

有时候她会迁怒于艾普斯，是他引起了她的恨意。但是暴雨般的怒骂最终会过去，然后又是一段冷静期。这时候，帕茜就会怕得发抖，心碎似地哭泣，因为痛苦的经验告诉她，如果夫人怒火中烧，为了安抚她，艾普斯就会向她承诺会鞭打帕茜一顿，他当然会遵守承诺。自尊、妒忌和报复的争吵中伴随着贪婪和野蛮，主人的宅邸中每天充斥着喧嚣与躁动。在帕茜心中，在这个单纯的奴隶心中，上帝种下了纯净的种子，可所有的家暴最后都落在了她身上。

从圣玛利亚教区回来的那个夏天，我想出了一个自给自足的方案，虽然简单，但却出人意料地有效。河湾上上下下，和我条件相当的人纷纷效仿，这给我们带来了巨大的好处，以至于我差点被大家说服，把自己当成了他们的恩人。那个夏天，培根生了虫，除非饿到不行了，不然我怎么也咽不下口。每周的食物分配难以满足我们。那里的所有奴隶都与我们一样，食物在周六晚上之前要么是基本被耗尽了，要么就是恶心得让人反胃，只能去沼泽地狩猎浣熊和负鼠——这些都成了常事。然而狩猎只能在晚上进行，一定要在完成一天的工作之后。好几个植物园的奴隶一连几个月都吃不上肉，只好通过这种方式获取。没有禁止打猎的规定，因为这样能分担熏制室的供给，也因为每猎杀一只浣熊就意味着保护了地里的玉米。奴隶不允许使用火器，于是便带上猎狗和棍棒打猎。

浣熊肉十分可口，但在所有野味中没有什么能比得上烤负鼠的美味。负鼠是一种圆滚体长的小动物，毛色偏白，鼻子像猪，后肢像是老鼠。它们时常在橡胶树的树根和树洞中挖洞，动作笨拙迟钝，却是种欺诈狡猾的动物，一碰到木棍就会滚到一边装死。如果猎人没有用力扭断它的脖子，就丢下它去追另一只，很有可能等他回来时就找不到它了。这小东西会用装死骗过敌人，然后逃跑。但是在经过漫长艰辛的工作后，疲惫的奴隶不愿再去沼泽地狩猎晚餐，总是没吃饭就倒在小屋地板上。奴隶主出于利益考虑，不会让奴隶因为饥饿而身体不良，也不会让他们因为吃得过多而肥胖。精打细算下，奴隶们消瘦精壮，最为实干，好比赛马的体格，永远处于最适合比赛的状态。这样的奴隶在红河沿岸的甘蔗园和棉花园里很常见。

我的小屋离河岸只有几杆远，这一条件促成了我的发明，我想出了可以获取足量食物的方法，省去了每晚进出树林的麻烦。方法就是筑造一个鱼笼。在脑中构想了实施方案之后，下个礼拜日我便付诸了实践。至于筑造方法或许无法完整而准确地向读者详述，但接下来会大概地描述一下。

先制作一个两三平方英尺的框架，高度可大可小，由水深而定。在框架的三面钉上木板或木条，距离无需太近，只要保证水流能在其中自由流动即可。第四面上按上一扇门，确保能在两根木杆的沟槽内轻易地上下滑动。然后安上可移动的底板，使它能顺利地拉倒框架顶部。在活动地板中间钻出一个螺旋孔，底部下面宽松地拧上一根把手或圆木棍，以便它旋转。把手从底部的中心一直升到框架顶部，或者需要多高就旋多高。把手上下多处钻出螺丝孔，在孔中插入小棍子，伸到框架的另一面。把手上的众多小棍子四面八方地穿插，只要是大一点的鱼类，不撞击某根小木棍就无法穿过它。鱼笼就这样静止地放在水中。

将门滑开或向上拉起，陷阱便设好了。然后用另一根木棍支起保持位置，木棍的另一端撑在内面的槽口中，槽口的另一端就是把手，竖立在活动底板的中心。把一丁点鱼粉和棉花揉成一团作为诱饵,等它变硬后放进框架的后面,鱼就会为了饵食游过升起的门。此时必须触动其中一根小棍子,把手转动,支撑门的木棍就会挪位,导致门滑下,将鱼困在笼子中。抓紧把手的顶端,将活动底板拽出水面,鱼就被捞了出来。或许在我的鱼笼发明之前还有其他类似的陷阱,但我从来没见过。贝夫河盛产鱼,它们体型大肉质好,在这之后,我和朋友们基本不需要再做鱼笼了,只需要将我自己的打开。新的捕食方法由此而来。迄今为止,在这条迟缓而多产的溪流沿岸辛劳挨饿的非洲奴隶,都没想到这一点子。

写到这里,与我们相邻的种植园里发生了一件事,给我留下了深刻的印象,这展示了那里的生活现状和睚眦必报的处事方式。在河岸的另一边,正对着我们的小屋就是马歇尔先生的种植园,是这里最富有高贵的家族之一。一位从纳齐兹附近来的先生最近一直在跟他磋商房产买卖的事宜。一天,一位信使匆忙地来到我们种植园,说马歇尔家发生了一场血腥骇人的争斗,血花四溅,如果不立即把当事人拉开,后果将不堪设想。

一赶到马歇尔家,我们就看到了一幅惨烈的景象,房间的地板上躺着那位纳齐兹人恐怖的尸体。马歇尔满身是伤,血迹斑斑,正愤怒地来回踱着步,叫骂着威胁着说要杀人。他们在磋商时发生了争议,恶言相向,于是各自抄起了家伙,致命的冲突导致了如此不幸的结果。马歇尔没有被关进监狱,在马克斯维尔的审问和裁决宣布他无罪,把他放回了种植园。他的灵魂染上了别人的鲜血之后,反而比以前更受尊敬了。

艾普斯对他的行为很感兴趣,陪他去了马克斯维尔,任何场合下都大声为他辩护。但是这种所谓出于敬意的帮忙,后来并未阻止这位马歇尔想要取他的性命。他们在赌桌上发生争吵,最后演变成深仇大恨。一天,马歇尔在屋前翻上马背,配上手枪和博伊刀,挑战他说跟上,索性将问题来个解决,否则他就视其为懦夫,一有机会就把他当狗一样射杀。不是因为胆怯,也不是因为良心上的顾虑,在我看来,而是受到了他妻子的影响,他没有接受敌人的挑战。后来他们达成了和解,之后一直保持着亲密无间的关系。

这种事情若是在美国北部,当事人理应受到相应的惩罚。而在贝夫河,尽管常见,却没人在意,几乎不受争议,事情就这么过去。每个人随身带着博伊刀,当两个人发生争执,他们就开始互相乱砍乱刺,比起文明开化的民众,更像是野蛮人。

残酷的奴隶制似乎要将人们天性中仁慈而美好的一面变得野蛮和残忍。每天见证着奴隶们的苦难,听着他们痛苦的叫喊,看着他们在无情的鞭打下翻滚、被猎犬撕咬,无人理会地渐渐死去,埋葬时没有棺材,没有一片裹尸布,不难想象他们对人命的残忍与草率。阿沃耶尔县确实有许多好心人,比如威廉·福特,他能带着同情看待饱受折磨的奴隶,就像全世界敏感而富于同情心的灵魂一样,他们无法对他人的苦难漠不关心,因为都是上帝赐予的生命。奴隶主的残忍不全是他们的过错,同样也是他们生活下的制度的罪恶。他无法抗拒自己身处的环境以及习惯的影响,自幼年起,他所看到的、听到的都教给他杆子是用来抽打奴隶的后背的——这种观念在他成年以后难以改变。

有仁慈的主子,当然也有惨无人道的东家;有丰衣足食、心满意足的奴隶，当然也有缺衣少食、苦不堪言的仆从。即便如此，居然有机构会容忍这般罪恶、野蛮的制度存在，这才是最残酷不公的。人们或许会杜撰描写奴隶卑贱的生活，也有不这么写的：他们假惺惺地阐述这种无知的幸福，坐在扶手椅上浮夸地谈论奴隶生活的快乐。那就把他扔到地里和奴隶们辛勤劳作，与他们一同睡在小屋中，吃玉米壳，让他们看看奴隶们是怎么被鞭打、追赶和践踏的，回来后，从他们的嘴里吐出的就是另外一个故事了。让他们去体会奴隶疲惫的身心，了解奴隶内心深处的想法——那些白人在场时从不敢吐露出来的真言，让他们在夜晚寂静的守护下并排而坐——怀着信任谈论"生活、自由以及幸福的追求"，他们会发现奴隶们无一例外都足够明智地了解自己的处境，珍视心中对自由的热爱，就跟他们一样热忱。

15 奴隶们的狂欢季

因为我在摘棉花上的无能,艾普斯经常在甘蔗季将我租给甘蔗园,给他们砍甘蔗和制糖。他收到的租金是一美元一天,用这笔钱弥补我在棉花园的空缺。砍甘蔗的工作很适合我,连续三年我都在霍金斯的种植园担任领队,带领五十到一百人的队伍。

在前面的章节中,我介绍了棉花的栽培方法,或许这里该讲一下栽培甘蔗的方式。

在土地里犁出田埂,就跟为播棉花种所做的准备一样,只不过要犁得更深一点,条播也是同样的方法。一月开始播种,一直持续到四月。甘蔗地三年只需种植一次,在种子或作物耗尽之前可收获三次。

这项工作需要三支队伍,一支将甘蔗从草堆里抽出,砍除茎秆的头部和茎叶,只留结实茁壮的部分。甘蔗的每一段枝节都有一个眼子,就像土豆的芽眼,埋入土中就会发芽。另一支队伍将甘蔗放入沟里,两根茎秆并排摆放,每四五英寸就有一段枝节。第三支队伍跟在后面锄地,将泥土覆盖到茎秆上,埋进土里三英寸。

最多四周后，幼芽破土而出，之后生长迅猛。跟棉花地一样，甘蔗地要锄三次，以防根部卷入更多的泥土。八月初，锄地通常就结束了。大概到了九月中旬，照他们的话说，长出来的杂枝都被砍下来堆成了垛。十月，糖厂便做好了准备，开始收割甘蔗。甘蔗刀的刀刃有十五英寸长，中间宽三英寸，接近刀尖和握柄处逐渐变窄。刀刃很薄，为了方便使用必须保持锋利。每两个人都要有第三个人带领，分别跟在他两边。领头羊首先得用刀削掉茎秆上的叶片，然后砍掉青绿色的头部，此时必须小心要将整个青绿色的部分从成熟的部位上切掉，因为未熟透的汁水会使糖浆变酸，从而卖不出去。然后砍掉根，直接放到身后，左右两边的同伴砍好后就把茎秆堆在他的上面。每三个人身后跟着辆推车，年轻的奴隶把茎秆扔进车里，把车推到糖厂。

如果种植园主担心霜冻，就会把甘蔗水排。水排法就是把甘蔗提前砍下来，纵排扔进水沟里，覆盖住甘蔗的末端。如此放上个三周或一个月都不会变酸，也能躲过霜冻。合适的时候再把它们捞上来，修剪后运往糖厂。

到了一月，奴隶再次下地准备另一批作物。地上散落着去年砍下的甘蔗头和甘蔗叶，天气干燥时放把火，燃起的火席卷田地，烧得干干净净，然后就可以准备锄地了。残梗根部附近的土壤比较松弛，随着时间推进，新一批作物会从去年的种子中冒出来，接下来的一年也一样。但是到了第三年，种子就被耗尽了，必须重新犁地播种。第二年的甘蔗比第一年的更加甘甜，产量更多，第三年比第二年的尤甚。

我在霍金斯种植园工作的三个季度里，很大一部分时间都待在糖厂。他以出厂品质最好的白糖著名，接下来会对他的糖厂以及生产过程做一番大致描述。

糖厂是一幢巨大的砖石建筑，坐落在贝夫河岸。一片露天棚屋从建筑中延伸而出，至少有一百英尺长，四五十英尺宽。蒸汽锅炉位于主建筑外，机器和发动机安装在工厂内的砖墩上，比地面高出十五英尺。机器由两个大型轧辊运转，直径为两三英尺，长度为七八英尺，置于砖墩之上，互相紧挨着滚动。一条由铁链和木条制成的传送带自轧辊延伸至工厂外，穿过整片的露天棚屋，就像是小工厂里的皮带传输。地里的甘蔗一被砍下就被装进推车，运到这里，在棚屋的一边倒出。奴隶孩子们排在运输带的边上，负责把甘蔗放到传送带上，将甘蔗从棚屋运往主建筑。甘蔗输入轧辊之间被碾碎，然后掉进另一条传送带，反方向运出工厂，倾倒进烟囱，被火焚烧干净。这样将甘蔗渣烧掉是有必要的，否则不久就会在工厂里堆积起来，很快就会变馊导致疾病。甘蔗汁会顺着轧辊下面的导管流进水库。管道将甘蔗汁运输进五个过滤器，每个过滤器能容纳好几个大桶①。过滤器中装满了骨炭——一种与炭粉相似的物质，由骨头在密闭的容器中煅烧而成，用于煮甘蔗汁前的过滤脱色。接连经过五个过滤器后，甘蔗汁流进了地板下面的大水库，然后经由蒸汽泵抽进铁皮制的澄清池，用蒸汽加热至沸腾。导管将甘蔗汁从第一个澄清池引流到第二个澄清池，然后是第三个，之后穿过一个封闭的、充满了蒸汽

---

① 大桶（hogshead），液量单位，一般可容纳63-140美制加仑。

的铁锅。甘蔗汁在沸腾的状态下接连流经三个铁锅,然后通过另外的导管进入地面上的冷却器。冷却器是木制的盒子,底部的过滤网由纤细的金属丝织成。糖汁一旦进入冷却器碰到冷空气,就凝结成了颗粒,糖浆立刻穿过过滤网进入到底下的水槽。品质最优良的白色砂糖便做好了——干净剔透,如雪般洁白。冷却之后把砂糖倒入大桶,之后就能上市了。之后糖浆会被取出水槽,再次运到楼上,进行二次加工制成红糖。

还有更大的糖厂,构造与这家不尽相同,不便介绍,然而,贝夫河或许没有一家糖厂能与这一家相媲美。新奥尔良的兰伯特是霍金斯的合作伙伴,颇为富裕。据我所知,他在路易斯安那拥有超过四十家的甘蔗园。

对一年到头不停劳作的奴隶来说,只有在圣诞节才可以有短暂的休息。艾普斯给了我们三天假,其他奴隶主会放四五天,视其慷慨程度而定。这是奴隶们兴高采烈、唯一盼望的时刻。夜幕降临让他们感到愉悦,不只是因为它带来了几个小时的安眠,更是因为他们离圣诞节又近了一天。无论老幼都同样地欣喜欢呼,甚至连艾布拉姆老伯也停下了对安德鲁·杰克逊的称颂,帕茜忘却了她的悲伤,沉浸在节日的欢乐之中。这是筵席的时刻,嬉闹的时刻以及演奏的时刻,被奴役的孩子们的狂欢时节到了。这是能获得有限自由仅有的几天,他们为此感到由衷的愉快。

按照习俗,奴隶主会大摆圣诞晚餐,邀请附近种植园的奴隶加入其中。比如,今年是艾普斯设宴,明年就是马歇尔,再明年轮到霍金斯,依此类推。通常会召集三至五百位奴隶。他们徒步走来,或是坐着货车,或是三三两两地骑着马和骡子;有时是一男孩儿一个女孩儿，也有时是一个女孩儿两个男孩儿，或是一个女孩儿一个妇女。亚布拉姆老伯骑在骡子上，菲比姨妈和帕茜坐在他后面，朝着圣诞晚餐一路小跑，这情景在贝夫河相当常见。

一年中的这几天，他们会穿上最好的服装。棉大衣洗得干干净净，鞋子也打上腊，如果有幸拥有一顶无檐的帽子，他们会自信地戴在头上。即便是光着脑袋或是赤脚来到宴会，一样会收到热烈欢迎。女人通常会把手绢系到头上，但是如果有机会弄到一条火红色的缎带，或是女主人的祖母丢弃的女帽，她们当然会在这种场合上戴上。红色——艳丽的深红色，绝对是我认识的奴隶少女们最喜欢的颜色。如果她们的脖子上没系上缎带，你就一定会发现各式各样的红绳扎着她们的鬓发。

餐桌摆在室外，上面堆满了各种肉食和蔬菜。此时终于不用再见到培根和玉米饼了。有时会在种植园的厨房里做菜，有时则在宽敞的树荫下。他们会在地上挖一条沟，放上柴火点燃，直到沟里堆满了通红的木炭，他们在上面烤鸡肉、鸭肉、火鸡、猪肉，偶尔还会有一整头野牛。他们会用发下来的面粉做成饼干，配上桃子和其他储藏食品，还有水果馅饼和各种各样的果馅派——就是没有肉馅的，他们还没见过那样的面点。只有常年靠少量的餐食和培根为生的奴隶才能享受如此的晚餐。众多白人会聚到一起目睹这场美食盛宴。

奴隶们坐在简朴的桌前，男性在一边，女性坐在另一边。情投意合的两人必定会设法对坐，因为无处不在的丘比特不会吝惜将他的箭射入奴隶质朴的心中。真正的喜悦点亮他们所有人黝黑的脸，乳白色的牙齿沿着长桌连成两排长长的白色条纹，与他们黑色的皮肤形成鲜明对比。丰盛的晚餐周围闪烁着一对对明亮的眼睛，嬉笑一片，刀叉和碗碟悦耳地碰撞在一起。卡菲的胳膊搭到了邻座的肩上，带着愉悦被他下意识地推开。奈莉朝桑博摇了摇手指，她也不知道为什么笑了起来，逗趣和欢笑此起彼伏。

食物不见了，劳作者们饥肠辘辘的肚子得到了满足，接下来的娱乐便是圣诞舞会。在这种欢乐的日子里，我的任务就是演奏小提琴。都说非洲人民热爱音乐，我的奴隶同伴们中有许多人乐感出众，能够灵巧地用手指弹奏班卓琴。即便会显得自负，我也得说我被视为贝夫河的奥莱·伯尔①。我的主人经常收到信件，有时还是十英里外寄来的，要求他派我去白人的舞会或节日表演。他能从中得到补贴，回去时我的口袋时常叮当作响，这是他们对我的表演满意而赠予的额外小费。我因此也在贝夫河上下积累起些许小名气，霍姆斯维尔上年轻的先生和女士们都知道只要看到普拉特·艾普斯抱着小提琴走在镇上，那里就有欢乐。"你这是要去哪儿，普拉特？""今晚有什么乐子，普拉特？"家家户户都会从门窗里探出头来询问。许多次，要是不急着赶路，或许普拉特就会拗不过他们的热切请求，坐在骡子上，对着围住他的欢快孩子们，在街上演奏起来。

唉！若不是有我挚爱的小提琴，我真不知该怎么忍受这么多年的奴役。它引领我进了大屋，让我从多日的土地劳作中得到缓解，为我的小屋增添了方便——烟斗和烟草，加上额外的几双鞋子，还时常将我从严厉的主人身边支走，亲历一些快活的场景。

---

① 奥莱·伯尔（Ole Bull），19世纪挪威小提琴家和作曲家。

它是我的同伴，是我心中的挚友，高兴时为我大声庆贺，悲伤时用柔和悦耳的旋律安慰我。经常在夜半时分，小屋中的我因为忧愁而难以入眠，灵魂被命运的沉思所烦扰，它就会为我平静地唱上一曲。每逢安息日，腾出一两个小时的空闲，它就会陪我到贝夫河岸的某些宁静之处，然后扬声高歌，唱起温和愉悦的曲子。我也因它在附近得名，结识朋友，否则无人会留意到我。它让我在每年的宴会上找到一席之地，在圣诞舞会上收到热情响亮的掌声。圣诞舞会！噢，那些寻欢作乐的先生们，与无所事事的小姐们，挪着整齐的步伐，慵懒迟缓地穿梭在交际舞会中。如果你想看到庆祝的步伐——出自真心的快乐，无拘无束，而不是"诗意的动作"，请来到路易斯安那，看着奴隶们在圣诞夜的星光下舞蹈。

  根据我的记忆，那次特别的圣诞舞会可以概括地为那一天画下句号。首先登场的是莱弗丽小姐和山姆先生，前者是斯图亚特的奴隶，后者属于罗伯茨。众所周知，山姆热烈地爱慕着莱弗丽，同样追求莱弗丽的还有一位马歇尔的奴隶和另一位凯利的奴隶。莱弗丽着实活泼动人而又风情万种，山姆·罗伯茨成了追求者中的赢家。用过餐后，莱弗丽将手伸给了山姆作为他优胜的表示。另外两个人垂头丧气，气愤地摇着头，似乎是想狠狠地揍山姆一顿。但他们的愤怒并没有扰乱山姆平静的内心，他的双腿像是鼓槌一样上下踢踏，围绕着他那位迷人的舞伴舞动。大家叫嚷着喝彩，兴奋地鼓起掌，在所有人都精疲力竭，停下来喘气时，他们仍不舍得分开。但是山姆超乎常人的气力最终也被压倒了，只能留莱弗丽独自像陀螺般旋转。山姆的劲敌皮特·马歇尔冲上前,使尽浑身解数跳跃扭动,想到什么就跳什么,像是铁了心要向莱弗丽小姐展示,向全世界证明山姆·罗伯茨没什么大不了的。

然而皮特的爱慕心令他忘了慎重,激烈的动作随即令他上气不接下气,像个空袋子一样瘪了下去。接着便轮到哈利·凯利大显身手了,但是莱弗丽很快就令他喘不过气了。在欢呼和叫喊声中,她稳稳地保住了作为贝夫河"最快舞女"的名声。

一有人退下,立刻就有人代替上去。谁在地面上跳得最久,谁就能收到最热烈的赞扬。舞会一直持续到天亮,而且不会随着小提琴声止住而停歇。他们创造了一种自己专属的音乐,叫作"拍打乐",根据某段特定的曲调或节拍作出一种无意义的歌曲,并不是为了表达某种明确的含义。拍打乐就是先用手拍打膝盖,然后双手相拍,然后用一只手拍打右肩,另一只手拍打左肩,期间脚步保持合拍,口中哼唱,比如这首歌:

> 哈珀河啊,奔腾的河
> 亲爱的,让我们永世长存
> 我们会去远方的国家
> 我想要的——
> 不过是一名漂亮的娇妻
> 和一片广大的种植园
> (合唱)橡树下,小河边
> 两名监工和一个小黑奴

如果这些歌词配不上曲调，就会变成那首庄严奇异的诗歌《老猪眼》，这只有在南方才欣赏得到。它是这么唱的：

我走以后谁会在这儿？
漂亮的小姑娘穿上了裙子。
猪眼！
老猪眼！
还有一匹马！

自我出生后从来没见过，
这里来了一个穿裙子的小姑娘。
猪眼！
老猪眼！
还有一匹马！

也可以是下面的歌词，或许同样没有意义，但是优美动听，尽管是从黑人的嘴里唱出来的：

艾博·迪克和乔丹·乔，
这两个黑鬼偷了我的马
（合唱）跳到吉姆那儿
走到吉姆那儿
找他谈谈话
年老的黑人丹，就跟焦油一样黑

该死的,他很高兴他不是焦油

跳到吉姆那儿

在圣诞节随后的假期里,奴隶们都会拿到通行证,他们在有限的距离内想去哪儿就可以去哪儿,或者留在种植园干活,可以获得报酬。然而很少有人选择后者,这段时间常看到他们一哄而散,就像是这片土地上的所有普通人一样面带着笑容。他们不再是地里的被奴役者,他们得到了短暂的解放,从恐惧和鞭打中暂时解脱。他们的举止外貌都焕然一新,拜访老友,一起骑马叙旧,或者重叙旧爱,又或者自己找点乐子,行程排得满满当当。一年中的这三天,才是南方的生活,其余的三百六十二天都是疲劳、恐惧、折磨以及无休无止的劳作。

婚姻常常在这段假期中结成——如果奴隶之间也存在"婚姻"的话。进入"圣洁的殿堂"前唯一需要的仪式是得到各自主人的同意。女奴的主人通常会鼓励这种结合。只要主人允许,双方都可以拥有多名丈夫和妻子,也可自由随意地抛弃对方。有关离婚、重婚之类的法律当然不适用于"财产"。如果妻子与丈夫不属于同一片种植园,只要距离不远,丈夫可以在礼拜六晚上探望妻子。艾布拉姆老伯的妻子离艾普斯种植园七英里远,住在霍夫鲍尔。艾普斯允许他每两周看望他的妻子一次。但老实说,随着年岁增长,他后来几乎忘了她。艾布拉姆老伯忙于缅怀杰克逊将军,无暇顾及妻子。婚姻之乐对于不懂事的年轻人或许是美好的,但对于像他那样严肃深沉的哲学家,显然不太合适。

16 失望与绝望

除了去圣玛利教区的那次出行,以及在甘蔗季时被雇佣在外,我一直在艾普斯主人的种植园里工作。他只是一位小种植园主,没有足够的人手,所以不需要监工,他自己担任此职。因为无法增加劳动力,他往往在摘棉的繁忙季里雇佣人手。

大庄园里通常会有五十到一百人,甚至是两百人,监工是必不可少的。这些绅士骑着马走在地里,据我所知,无一例外都佩戴着手枪、博伊刀、皮鞭,还跟着几条狗。他们携带着这些装配,跟在奴隶们的后面,尖锐的眼神巡视着所有人。冷酷无情、铁石心肠是监工的必备素质。提高农作物的产量是他们的工作,只要能完成目标,无论造成多大的痛苦都在所不惜。为了追赶逃跑者,猎狗是必须的。有时候会碰上奴隶晕倒病倒的状况,无法继续工作也承受不了鞭打时就会被猎狗拖走。手枪用于应付紧急状况,曾经有过必须要使用武器的先例。奴隶由于受到刺激而撒起疯来,无法控制,有时甚至会攻击压迫者。去年一月,马克斯维尔设起了绞刑架。一年前,一名奴隶因为杀死了他的监工而被处以死刑。这件事离红河边上的艾普斯植物园不到几英里。那名奴隶被指派去劈柴，那天监工又给了他另一件差事，占用了他太多时间而无法完成劈柴的工作。第二天，他被叫过去问罪，但是因为那件差事所耽误的时间却不能作为借口，于是监工命令他跪下来，露出后背，接受鞭打。树林里只有他们两人，别人听不到也看不到他们。奴隶屈服着，如此的不公使他怒不可遏，剧痛让他发起了疯，他猛然跳起来，抓过一把斧子，将监工砍成了碎片。他并没有试图掩盖这一事实，而是匆忙赶到了主人那里，招供了事情的始末，声称愿意用自己的性命赎罪。于是他被送上了绞刑架，绳索套在他的脖颈上。他淡定自若，面无惧色，为他行为做了最后的辩解。

除了那名监工外，他下面的工头数与地里的奴隶相当。工头是黑人，不但要完成自己分内的工作，还必须用鞭子抽打他的同伴。鞭子挂在他们的脖子上，如果工头完全没用到鞭子，那么被鞭打的就是他们自己了。工头拥有一些特权，例如，在砍甘蔗时，不允许奴隶吃饭坐太久。推车里堆满了厨房做的玉米饼，中午推到地里。工头把饼分发下去，奴隶们必须在最短的时间内吃完。

当奴隶们因为体力不支而中暑，倒在地上束手无策时，工头的职责就是把他拖到棉花或者甘蔗地的荫凉处，或是旁边的树荫下，浇几桶水到他身上，或者用其他手段让他恢复知觉，然后命令他回到原地继续干活。

在霍夫鲍尔，我第一次来到艾普斯家时，罗伯茨的一个黑奴汤姆就是那里的工头。他是个壮实的家伙，极其严厉。艾普斯从贝夫河搬走后，这项荣誉便落到了我头上。直到离开那里为止，我下地时脖子上必须挂着条皮鞭。如果艾普斯在场，我不敢显露半点仁慈，我不像著名的汤姆叔叔那样拥有基督徒的刚毅，果敢地面对他的盛怒，拒绝他给我的职位。只有那样，我才能躲避汤姆叔叔所承受的煎熬，事实上，这也使我的同伴免去了很多痛苦。我很快发现，不管艾普斯在不在地里，他的目光总是能落到我们身上。广场上，附近的某棵树后，或是其他监视的隐蔽点，他永远保持着视线。如果那天我们之中有人落后或偷懒了，回到住处后就会受到警告。这就是他做事的原则，任何违例一旦被他知道了，必定要受一番责骂。不单违例者因为怠工而遭到责打，就连我也会因监督不力而受到惩罚。

换句话说，只有看到我肆意地挥舞皮鞭，他才会满意。"熟能生巧"，当然。在我担任工头的八年间，我学会了如何灵巧准确地挥舞鞭子，能够分毫不差地落到背上、耳朵上和鼻子上，却不碰到它们。如果艾普斯在远处观察，或是我们推定他就躲在附近某处，我便会开始用力地甩弄皮鞭。根据事先安排，他们会假装痛苦地扭曲尖叫，事实上鞭子都没擦到他们一下。如果艾普斯出现，帕茜就会趁机咕哝，抱怨说普拉特总是在打他们，亚布拉姆老伯也露出他专有的老实相，忿忿地说我打得比杰克逊将军在新奥尔良时抽打敌人还要狠。要是艾普斯没喝醉，脾气又暴躁，听到这些后，他就会稍稍感到满意。如果他醉了，我们中的一两个人可就要遭罪了。有时候他的暴力行径处于一种危险的状态，他的人类财产也因此性命攸关。有一次，这个喝醉的疯子竟然想割开我的喉咙来取乐。

那天他去了霍姆斯维尔参加射击比赛,没有人意识到他回来了。在帕茜旁边锄地时,她突然压低了嗓音跟我说:"普拉特,你有没有看到那个老肥猪招呼我过去?"

我朝边上瞄了一眼,发现他就在田边张牙舞爪,正是他半醉时的样子。帕茜意识到他下流的意图,哭了起来。我小声告诉她不要抬头,继续工作,当作是没看到他。然而艾普斯起了疑心,很快就怒气冲冲地晃了过来。

"你对帕茜说了什么?"他骂道。我闪烁其词,结果反而使他更加暴躁。

"你是这片种植园的主子吗?说,你这个黑鬼?"他恶意地讥讽道,同时一只手攥紧了我的衣领,另一只手插进了口袋,"我现在要割开你黝黑的喉咙,就这么干。"他从口袋里掏出刀子说。但是一只手无法抽出刀子,最后他用牙齿咬住了刀刃,眼见刀片快被拔出来了,我感到无论如何都得从他手上逃走,从他现在鲁莽的状态看来,显然不是在开玩笑。衬衣的前襟敞开,我迅速转身跳开,他仍紧抓着不放,衣服后背已经完全被撕开了。躲开他并不难,他追我一直追到喘不过气,停下等体力恢复,然后咒骂着,又追了上来。他时而命令我过去,时而又哄诱我,我小心翼翼跟他保持着一定距离。我们就这样绕着玉米地转了好几圈,他孤注一掷向我扑来,但被我躲开了,比起害怕,更觉得好笑。我很清楚等他酒醒后,连他都会为自己喝醉时做的蠢事感到可笑。后来,我看到夫人站在庭院的栅栏边,观察着我们又严肃又可笑的行为。我从他旁边穿过,径直冲到夫人跟前。艾普斯看到她后,没再跟上来。他在地里呆站了一个多小时,我站在夫人旁边,将发生的事一五一十地告诉了她。她又发起怒来,斥责了她的丈夫和帕茜。最后,艾普斯朝屋子走了过来,他现在差不多清醒了,双手背在身后,严谨地迈着步子,装得跟小孩一样无辜。

然而他一靠近,艾普斯夫人就开始严厉地指责他,一点也不给他留情面,质问他为什么要割开我的喉咙。艾普斯做出一副莫名其妙的表情,出乎我的意料之外,他向所有圣人起誓那天他没跟我说过话。

"普拉特,你在撒谎,对不对?"他厚颜无耻地问我。

反驳主人是冒险的行为,即便是阐述事实。所以我保持沉默,他进屋后,我回到了地里,这件事后来再也没被提起。

不久后发生了一件事,几乎泄露了我的真名和身世,这是我多年里一直小心隐藏的秘密,我最后能否逃脱全依赖于这一秘密。艾普斯买下我之后不久便问我能否读写,我回答说受过一些这方面的教育。他再三跟我强调,如果抓到我在看书,或是拿着纸和笔,他就给我一百鞭子。他说他要让我明白,他买奴隶是为了让他们干活的,不是来学习的。他从未询问过我过去的生活,或是我从哪里来。然而夫人却经常盘问我华盛顿的事儿,认定我是那里的人,不止一次地称我的言行不像是其他黑奴。她断定我的见识比招认的还要广一点。

我一直在想法子写封信偷偷地投到邮局,寄给我北方的亲友。我身上被施予的严格限制让我难以做到这点,不了解的人不会明白。首先,我被没收了笔、墨水和纸。其次,奴隶没有通行证不能离开种植园,没有主人的书面指示,邮政局长也不会为奴隶寄信。我被奴役了九年，一直警觉地留心着，等个好机会弄张纸。某个冬天，艾普斯去了新奥尔良卖棉花，夫人派我去霍姆斯维尔，命令我买几件物品，其中包括了大量书写纸。我偷拿了一张藏在小屋，塞在我睡的床板下。

经过各种测试后，我通过煮白枫树皮成功制成了墨水，并从鸭子翅膀上拔下一根毛做成了笔。小屋里的所有人都睡下后，我就着煤炭的光亮，躺在木板床上，设法写完一封长信。信是写给珊蒂山的一位熟人的，信中陈述了我的现状，催促他采取措施帮我恢复自由。这封信我保存了许久，设法把它安全地投到邮局。后来，一个厚颜无耻的家伙——一位叫作奥姆斯比的陌生人，来到这里寻找一份监工的工作。他向艾普斯申请任职，在种植园待了几天，接着又去了附近的肖的种植园，跟了肖几个礼拜。肖身边经常围着这类无用之人，他自己就是个著名的赌徒，不讲规矩。他娶了自己的奴隶夏洛特，家里养了一窝黑白混血儿。奥姆斯比后来穷困潦倒，不得不跟奴隶一起劳动。一个白人在地里干活在贝夫河是很少见的，我不放过每个能和他私下里结交的机会，希望得到他的信任，把信委托给他保管。因为常去马克斯维尔，他告诉我大约二十英里外有个小镇，我琢磨在那里应该可以把信寄出去。

我仔细思索着怎么跟他提这件事才合适，最后决定直接问他下次去马克斯维尔时是否愿意为我去邮局寄一封信，但并不透露信已经写好了，以及信里面的具体内容。我担心他因为贪财而背叛我，毕竟完全信任他还不太安全。某天晚上将近凌晨一点时，我悄悄地溜出了小屋，经过肖的田地，发现他正睡在广场上。我身上只有几枚硬币，都是通过演奏小提琴得来的，但我答应，只要他帮我这个忙，我就把我所有的钱财都给他，恳求他即便无法完成此事也不要揭发我。他用自己的声誉向我保证会把信投到马克斯维尔的邮局，并永远保守这一神圣的秘密。尽管那时信就在我口袋里，但我并不敢轻易把信交给他，只是说会在一两天内写完，道了晚安后便回到了小屋。我无法消除自己的怀疑，一夜没睡，反复思索着最安全的办法。我愿意冒险一试，可一旦信落入艾普斯手中，对我则是个致命的打击。我矛盾之极。

我的怀疑是有根据的，后来的事验证了这一点。第二天，我正在地里刮棉，艾普斯坐在与肖植物园的栅栏交界线上，观察着我们的劳动。不一会儿，奥姆斯比出现了，爬过栅栏坐在他旁边。他们坐了两三个小时，期间我一直在担惊受怕。

那晚，在我烤培根时，艾普斯进了小屋，手里握着生皮鞭。

"嘿，孩子。"他说道，"我记得我有个博学的奴隶，他写了封信，还找了个白人帮他寄出去，你知道是谁吗？"

我最担心的事发生了。尽管这并不值得夸耀，即便是在情急之下，但是只有明目张胆地撒谎才能躲过眼前的劫难。

"我一点也不知情，艾普斯主人。"我回答道，装出一副无知惊讶的神情，"真的一点也不知道，先生。"

"前天晚上你是不是去了肖那里？"他问。

"没有，主人。"我回答。

"你是不是请了奥姆斯比那个家伙帮你去马克斯维尔寄信？"

"什么？天啊，主人，我这辈子都没跟他说过三句话，我不知道你的意思。"

"好吧，"他继续说，"奥姆斯比今天跟我说，我的黑鬼中出了这么一个混蛋，我得盯紧一点儿，否则他就跑了。我问他怎么讲，他说你夜晚去了肖那里，叫醒他请他去马克斯维尔寄一封信。你有什么要说的，嗯？"

"我只能说，主人，"我答道，"这全是谎话。我没有墨水没有纸，怎么写信呢？我也没想过写给谁，因为据我所知我已经没有活着的朋友了。那个奥姆斯比是个满嘴谎言的醉鬼，大家都这么说——没人相信他。你知道我从不撒谎，没有通行证我是不会离开种植园的。我现在可是明白奥姆斯比想要什么了，他不就是想要你雇他做监工吗？"

"是啊，他想让我雇他。"艾普斯说。

"那就是了。"我说，"他想让你相信我们都会逃走，以为这样你就会雇一名监工看管我们了。因为想找一份工作，他无中生有捏造了那件事。这完全是个谎言，主人，相信我。"

艾普斯沉默了一会儿，显然是被我的合理解释说动了，然后说道："该死的，普拉特，如果我不相信你说的事实，他一定以为我好欺负了。随便编个故事就能骗过我，是不是？或许他觉得能耍了我，以为我什么也不知道，连自己的奴隶都看管不好，哼！缺心眼老艾普斯，哼！哈哈哈！该死的奥姆斯比！放狗咬他，普拉特。"他大大评论了一番奥姆斯比的为人，强调了自己照看生意和管理"黑鬼"的能力，然后离开了小屋。他一走，我就把信扔进了火堆，心情沮丧而又绝望，眼睁睁看着信件在煤炭堆里蜷曲枯萎，化成一缕青烟，一丝灰烬。我为它花费了如此多的精力和心血，我寄予厚望，希望它能带我奔向自由之地。奥姆斯比，这个背信弃义的恶棍，不久后便被赶出了肖的种植园。我舒了口气，因为我担心他会重提此事，怂恿艾普斯相信他。

如今我不知道怎么才能寄信。心中升起的希望唯有粉碎破灭，人生的黄金期正在逝去。我感到自己未老先衰，再过几年，劳苦、悲伤以及沼泽地中的毒瘴便会将我笼罩，把我推进坟墓，任身体腐朽，被世人遗忘，遭人排斥和背叛，孤立无援，只能倒在地上呻吟，痛苦却难以言喻。获救的希望是洒在我心中的唯一一道光，许我安慰，如今忽隐忽现，变得微弱黯淡，一口气就能令它完全熄灭，留我在无尽的黑暗中摸索至人生的尽头。

17　奴隶的逃亡

到了1850年,对于读者不感兴趣的诸多事情不再赘述。这一年对我的同伴、菲比的丈夫威利来说是不幸的一年。他沉默寡言,性格孤僻,不太引人注意。尽管威利不爱说话,毫无怨言地过着低调质朴的日子,然而在这个安静的黑人心底有着强烈的社交温情。因为独立自强,他不怎么搭理艾布拉姆老伯的人生哲学,对菲比姨妈的忠告也总是置若罔闻,没有通行证却莽撞地夜访了隔壁种植园的奴隶小屋。

威利发现自己是如此受欢迎,以至于没留意到时间的流逝,等到他意识到时东方早已破晓。他尽快地奔回家,希望能在号角响起之前赶到住处,可不幸的是,他在路上被一帮巡逻员盯上了。

奴隶制在其他地方有多黑暗,我并不知道,但在贝夫河有一伙被称为巡逻员的组织,他们的职责是一旦发现任何在种植园外游荡的奴隶,就立刻抓住并鞭打他们。巡逻队骑着马,有队长带领,全副武装,身后跟着猎犬。只要在奴隶主人的地盘外抓到一个没有通行证的黑人，他们有权自行决定如何处置他，无论这权利是法律赋予的，还是出于大众的许可，如果奴隶试图逃跑，他们甚至可以击毙他。每个巡逻队在贝夫河都有固定的行动范围，种植园主根据自己拥有的奴隶数量按比例支付他们报酬。整晚都能听到马蹄疾驰而过的踢踏声，经常看到他们驱赶着前面的奴隶，或是在奴隶脖子上拴一根绳索，拖向主人的种植园。

看到巡逻队的人来了，威利撒腿就跑，想在他们追上自己之前赶到小屋。但一头饥肠辘辘的猎犬一口咬住了他的腿，紧紧地拽着他，巡逻员狠狠地鞭打他，把他当作犯人带到了艾普斯面前。他在艾普斯那里又吃了一顿更加狠毒的鞭打。鞭子的毒打和猎狗的咬伤使他痛苦万分，几乎动弹不得。这种状态下，他根本无法跟上工作进度，那一天，主人的生皮鞭时时毒咬着他伤痕累累、血流不止的后背。这种折磨使他难以忍受，最后决定逃跑。他甚至没有将自己的逃跑意图透露给他自己的妻子菲比，一个人暗中将计划付诸实施。他将自己一个礼拜的食物做好，在某个周日的晚上，等宿友们都睡下后便小心翼翼地离开了小屋。早上的号角声响起，威利没有出现。小屋、轧棉厂、房屋的每个角落都被搜了个遍，我们每个人都遭到了检查，希望从中找出他突然失踪或是有关他去向的线索。艾普斯大发雷霆，骑上马飞奔到附近的种植园四下打听，调查毫无结果，什么线索都没有，没人知道这个失踪者身上发生了什么。猎狗被带进了沼泽地，却依然没找到他的踪迹。它们在森林里兜着圈，鼻子贴在地上搜寻，但总是不一会儿又回到了出发点。

威利逃走了，行动如此机密谨慎，躲开了所有人的耳目，竟使他们毫无头绪。日子一天天过去，好几个礼拜了，仍然没有他的半点消息。艾普斯除了咒骂之外什么也做不了，他成了我们私下里唯一的话题，我们对他做了诸多猜想，有人推测他在河湾的某处淹死了，因为他游泳拙劣，也有人说他可能被鳄鱼吃了，或是被毒蛇咬上一口必死无疑。不管可怜的威利在何方，我们所有人都衷心地同情着他。艾布拉姆老伯屡次向上帝虔诚地祈祷，保佑这个流浪在外的人能够平安。

大约过了三个礼拜，所有再见到他的希望几乎消失殆尽了，然而令我们惊讶的是，有一天他又出现在了我们之间。离开种植园时，他告诉我们，他本想回到南卡罗莱纳，回到布福德主人的老地方。白天他躲得好好的，有时藏在树杈间，晚上就在沼泽地中奋力向前。终于在一天早上到达了红河岸边。他站在河岸上，思索着怎么才能渡过它，一个白人突然跟他搭话，问他索要通行证。他没有，显然被当成了逃跑者。他被带到了亚历山德里亚——拉皮德县的郡府，然后被关进了监狱。几天后，约瑟夫·B.罗伯茨，艾普斯夫人的舅舅，当时正好在亚历山德里亚，他去监狱认领了威利。艾普斯住在霍夫鲍尔时，威利就在他的种植园工作。支付了看守费后，他给威利写了张通行证，底下附了张给艾普斯的便条，要他在威利回去后不要鞭打他，于是威利被送回了贝夫河。罗伯茨向威利保证他的主人艾普斯会尊重附带的请求，正是这一希望支持他回到了大屋。然而可想而知，这个请求完全被无视了。关押了三天后，威利被剥得精光，强行承受了惨无人道的鞭刑，这个可怜的奴隶早已习以为常。这是威利第一次试图逃跑，也是最后一次。他背上长长的伤疤将伴随他一直走进坟墓，时刻提醒他逃跑这一行为有多危险。

我为艾普斯服务的十年间里，没有一天不在暗自考虑逃跑的可能。我制定了许多计划，当时我觉得它们细致周到，但是接二连三都被抛弃了。身陷于这种条件下，挡在逃跑的奴隶前面的可谓是艰难万阻，不身处于此的人怎么能够理解？每个白人都伸出了手阻挡，有巡逻队戒备着，有猎犬准备追踪。在南方的大环境下，安全地逃出这片土地是不可能的。然而我曾想，或许会有这样的时机来临，届时我该再次穿越沼泽地。以防万一，我决定想个办法对付艾普斯的狗，它们肯定会来追我。艾普斯养了几条猎犬，其中一条是臭名昭著的奴隶猎手，属于一个凶猛残暴的品种。外出捕猎浣熊或负鼠时，我从来没有机会逃跑。独处时，我会狠狠地鞭打猎犬，最后终于完全驯服了它们。它们害怕我，听到我的声音就会立刻服从，而其他人无论做什么都无法控制它们。即便它们追赶上我，肯定也不敢攻击我。

即便一定会被抓到，奴隶依然接二连三地跑进树林和沼泽地。许多人因为生病或疲劳而无法完成工作，于是跑进沼泽地，宁愿用惩罚换取一两天的休息。

我为福特服务期间，曾无意中透露了六到八个人的藏身处，他们曾经定居在大松树林。泰德姆经常派我从伐木场前往空地领取补给，中间隔着一大片松树林。在一个美丽月夜，大概是十点左右，我正走在德克萨斯公路上返回伐木场，肩上扛着个袋子，里面装了头被切割好的猪。身后突然传来声响，我回过头，看到两个奴隶打扮的黑人朝我快速接近。快跑到我跟前时，其中一个人举起了棍子，似乎准备袭击我，另一个人抓住了我的袋子。我设法躲开了他们，随手抄了根松木枝，用力向其中一人的脑袋挥去，一下把他打趴在地，失去了意识。这时路边又跳出了两个人，趁他们还没抓住我，我成功地摆脱了他们，在惊骇之余拔腿向伐木场跑去。亚当得知我的经历之后，立刻赶往印第安村落，叫来卡斯卡拉和其他几个族人，开始追寻那几个路匪。我同他们一起去了袭击的地点，在公路上我们发现了一滩血迹，正是被我用松树枝打晕的人倒下的地方。我们在树林里仔细搜索了许久，卡斯卡拉的一名手下发现一缕青烟缭绕在几棵倒下的松树的枝杈上，树顶堆叠在一起。我们小心翼翼地将其包围，犯人们被全数拿下。他们是从拉默里地区的一家种植园里跑出来的，已经在这里藏了三个礼拜。他们对我没有恶意，只是为了吓吓我抢走我的猪。他们在见到我在夜幕降临时朝福特种植园跑去时，对我这次跑腿产生了怀疑，于是跟着我，看到我屠宰并割好了猪肉，之后又踏上了回程。他们食物匮乏，被迫采取了这种极端行为。亚当把他们送进了地区监狱，还得到了慷慨的奖赏。

逃跑者丢掉性命并不是稀罕事。艾普斯的房屋与凯利的种植园接壤，这片广阔的甘蔗园每年至少种植一千五百英亩的甘蔗，能生产二千二百到二千三百大桶的白糖，每英亩通常产一大桶半。除此之外，他还耕种了五六百英亩的玉米和棉花，去年他拥有一百五十三名下地的奴隶，此外差不多还有同样多的童工，在每年的繁忙季节里，还会从密西西比河沿岸雇佣一批工人。

他的其中一位黑人工头是一个随和聪明的家伙，名叫奥古斯都。节假日期间，我偶尔会去毗邻的田地里干活，借此机会认识了他，后来彼此结下了深厚的感情。前年夏天，他不幸得罪了监工，那个粗暴无情的畜生极其残忍地鞭打了他。奥古斯都逃跑了，跑到霍金斯种植园的一处甘蔗垛，他将自己藏在了上面。凯利放出了所有猎狗搜寻他的踪迹，大约有十五条狗，它们很快便嗅着他的足迹找到了他的藏身处。猎狗包围了甘蔗垛，一边吠叫一边刨抓，却怎么也够不到他。顺着猎犬的吵闹声，追兵不一会儿便赶到了。监工爬上了甘蔗垛，把他拽了下来。他一滚到地上，一整群狗便扑了上去，没等到将它们喝退，奥古斯都便被咬得体无完肤、惨不忍睹。猎狗的尖牙在他的骨头上留下了上百处咬痕，他被抬起来绑在一头骡子上带回了家。不过这是奥古斯都最后的麻烦了——他弥留到了第二天，然后死神找到了这个不幸的孩子，温和地带他从痛苦中解脱。

无论男女，奴隶们都试图逃跑，这都不算稀罕。埃尔德雷有名女奴叫作奈丽，我同她在大竹林一起伐过木，她在艾普斯的玉米仓里躲了三天。晚上，艾普斯一家睡下之后，她就偷偷溜进屋子里寻找食物，然后又回到玉米仓。因为觉得把她留在这里对我们不太安全，于是她又回到了自己的小屋。

要说成功摆脱猎犬和追捕者，最显著的一例当数凯利的一名女奴塞莱斯特。她大概十九二十岁，比起主人和主人的孩子，她的肤色要白得多。需要仔细观察才能辨认出她身上有细微的非洲血统的特征，外人绝对想不到她竟是奴隶的后裔。深夜里，我正坐在小屋里轻轻地拉小提琴，门突然悄悄地开了，塞莱斯特出现在我面前，她的脸色苍白，形容枯槁，像是从地下窜出的幽灵。我不能再惊讶了。

"你是谁？"盯了她一会儿后，我问道。

"我很饿,给我点培根。"她答道。

我对她的第一印象是某位精神错乱的年轻女士从家里跑了出来,四处游荡,不认识路,然后被小提琴声吸引,来到了我的小屋。然而她身上穿的粗棉衣打消了我的这一猜想。

"你叫什么?"我再次问道。

"我叫塞莱斯特,"她答道,"是凯利的奴隶,已经在棕榈林里待了两天。我生病了干不了活,与其被监工鞭打致死,我宁愿死在沼泽地里。凯利的狗不会跟着我的,虽然它们被放了出来。我们之间有一个秘密,它们不会听那监工该死的命令的。给我点肉,我饿死了。"

我分了点少量的食物给他,她一边吃,一边讲自己是怎么逃走的,还描述了她躲藏的地方,就在沼泽地的边界,离艾普斯的房子不到半英里远,那里有上千英亩大,长满了茂密的棕榈树。高大的树木长枝相交,在头顶织成了天篷,密不透光。即便是在最明亮的正午,在那里也像是一片暮光。树林中心时常能见到毒蛇,除此之外一无所有,是个阴沉偏僻的地方,塞莱斯特用地上的枯枝搭建了一座简陋的小屋,还用棕榈叶盖了起来。这里就是她挑选的栖身之所,她并不惧怕凯利的猎犬,就如我对艾普斯的狗一样。事实上,猎狗会拒绝追踪某些人的踪迹,这一点我无法解释,塞莱斯特就是这些人其中之一。

好几个晚上,她都来小屋要食物。有一次她接近时,我们的狗叫了起来,吵醒了艾普斯,导致他侦查了整片房屋,但是并没有发现她。之后,谨慎起见,我便不再让她进来庭院。每当万籁俱寂,我就把食物带到原定的地点,她在那里能找到吃的。

塞莱斯特就这样度过了大半个夏天,她恢复了健康,变得身强体壮。那年四季都能听到野兽的嚎叫,一到晚上,叫声就在沼泽地的边缘徘徊。有几次,它们半夜到访她的茅屋,一声嗥叫将她从熟睡中吵醒。惊恐于这种不愉快的招呼,她最后决定抛弃这偏僻的居所,回到了主人那里。鞭打之后,她的脖子被套上了枷锁,然后重新被赶到了地里。

我来的前一年,贝夫河的奴隶曾发动了一次集体运动,最终以悲剧收场。我猜这件事当时在报纸上一定被宣传得臭名昭著,但所有关于它的消息我都是从当时住在骚动地点附近的相关人员那里听说的,它成了贝夫河每间奴隶小屋里经久不衰的话题,毫无疑问会成为他们主要的传统延续给后代。我曾经认识一位叫作卢·切尼的人,他是个精明狡诈的黑人,比他的同种人要聪明许多,但是道德败坏、背信弃义。他策划了这次行动,组织的队伍足以反抗所有路上的敌对势力,运动一直进行到墨西哥地区。

集合点挑在霍金斯种植园后面的沼泽地深处的一个偏僻地点。深夜,卢从一个种植园飞奔到另一个,大肆宣扬这一场前往墨西哥的运动,就跟隐修者彼得[①]一样,到哪里都引起一阵骚动。于是一大批逃亡者聚集起来,他们偷骡子,从地里收集玉米,从熏制室里抢培根,然后运送到树林中。他们的藏身地被发现的时候,远征队正蓄势待发。卢·切尼确信自己的计划最终将会失败,为了巴结他的主人以及避免他所预见的结果,他决定牺牲自己的同伴。于是他偷偷地离开了露营地,向种植园主们告发

---

① 隐修者彼得(Peter the Hermit),法国传道人和十字军战士。

了沼泽地里聚集的人数,他没有老实地交代他们的目的,而是宣称时机一到,他们就会从藏匿地点鱼贯而出,杀死贝夫河附近的每一个白人。

这个消息越传越夸张,整片地区陷入了恐慌。逃亡者们被团团包围,他们被戴上了镣铐,押往亚历山德里亚,当众吊死。不止这些人,许多完全无辜的人也遭到了怀疑,他们被赶出田地和小屋,未经过任何辩护或审判流程,仓促地被押上了绞刑架。这种侵害个人财产的行为受到了贝夫河的种植园主们的反对,但是直到一批士兵从德克萨斯边境赶来,拆毁了绞刑架,打开了亚历山德里亚的监狱,这场不分青红皂白的屠戮才得以制止。卢·切尼逃走了,他甚至因为这次背叛获得了奖赏。他仍旧活着,但是在拉皮德县和阿沃耶尔县,他的名字遭到了所有黑人的唾弃和咒骂。

造反的主意在贝夫河的奴隶中并不算新鲜。我不止一次地参与过这类严肃的会议和大家讨论造反的话题。好几次,只要我一开口,就遭到上百名奴隶同胞的鄙夷。没有武器和弹药,即便有,我认为这种行为必然会导致失败、灾难和死亡,所以一直大声反对。

我很清楚地记得墨西哥战争激起了奴隶的奢望。胜利的消息传入大屋,迎来一片庆祝,而在小屋里却只带来了悲伤和失望。在我看来——我曾经有机会了解这种感受,军队入侵到贝夫河时,岸边的五十位奴隶个个都无比喜悦地向士兵们欢呼。

他们错了,自以为是地认为无知低贱的奴隶永远不会犯下巨大的坏事。他们错了,以为那些背上伤痕累累的奴隶们站起来后，只会选择温顺和宽容。总有一天，若是奴隶们的祈祷被上帝听到，可怕的复仇之日将会到来，到时候就轮到奴隶主们徒劳地哭求饶恕了。

18 帕茜的悲惨与美梦

如前文所述，威利在艾普斯主人手中深受折磨，但在这方面他并不比不幸的同伴们更惨。"不打不成器"是我们主人的信条，他的坏脾气周期性发作。那时，无论多小的事都能激怒他，之后就是一顿惩罚。比如我遭受的最后第二次鞭打，再微不足道的一件事也足以让他挥起皮鞭了。

一位住在大松树林地区的奥尼尔先生前来拜访艾普斯，希望能从他手里买下我。他是一位皮匠，生意做得很大，要是能买下我，他想安排我到他的分厂里工作。菲比姨妈在大屋里布置餐桌时无意中听到了他们的谈话，晚上回到庭院时，这位老太太跑来见我，当然是为了通知我这个消息。她将自己听到的一五一十地复述给我听，菲比姨妈的耳朵从来不漏听一个字。她在事实的基础上添油加醋，说艾普斯主人要把我卖给松树林的一个皮匠，唠唠叨叨，声音大得引起了女主人的注意，她那时站在广场上，我们看不到她，但是她全听进去了。

"好吧，菲比姨妈，"我说，"我很高兴听到这消息。我已经厌倦了刮棉，宁愿做一个皮匠，我希望他会买下我。"

然而，由于没能在价钱上达成一致，奥尼尔没能将我买下，来之后的第二天早上便回去了。他走后没多久，艾普斯就出现在地里。得知自己的一个奴隶希望离开他，没有比这更让主人气愤的事了，特别是对于艾普斯。艾普斯夫人对他重述了前一晚我跟菲比姨妈说的——这是我后来才知道的——夫人跟菲比姨妈提起说她无意中听到了我们的谈话。一到地里，艾普斯便径直向我走来。

"普拉特，你厌倦了刮棉，对吗？你想换一个主人，嗯？你喜欢四处走走，当个旅客，对吗？啊，是啊，大概这是为了你的健康着想，我猜比起刮棉感觉要好一点，所以你打算做皮革生意？好生意啊，好得不能再好了，你这个黑鬼还真是上进！我自己就会做皮革生意，跪下，把你背上的破衣服脱掉！让我为做皮革试试手。"

我殷切地恳求，尽力找借口软化他，但也只是徒劳。我别无选择，于是跪在地上，裸露自己的后背接受鞭打。

"你那么喜欢做皮革？"他一边喊，一边将生皮鞭抽到我的肉体上，"你那么喜欢做皮革？"每打一下，他就重复一遍。他就这样抽了我二三十鞭，嘴里喊着各种狠话，但都不断重复着"皮革"这个词。喊够了之后，他才允许我起来，居心叵测地对我笑笑，向我保证说，如果我还异想天开地想着皮革生意，他随时都能摧毁我的妄想。他说，这次只是给我一个小小的教训，下次会把我打到爬不起来。

艾布拉姆老伯也常常遭到暴打，尽管他可能是世上最善良、最忠诚的人之一了。他和我做了多年室友，这位老人总是一脸慈祥，见到他就会很安心。他待我们像是待自己的孩子，常常严肃认真地给我们意见。

一天下午，我从马歇尔的种植园回来——夫人派我去那里跑趟腿。一回到小屋，我就发现他躺在地板上，衣服已被鲜血染红。他跟我说他在架子上铺棉花时被刺了一刀。艾普斯醉醺醺地从霍姆斯维尔回来，每件事都要找茬儿。他下了许多不实际命令，没有一件是能够完成的。艾布拉姆老伯的身体已经变得迟钝，他稀里糊涂地犯了一些无关紧要的小错。艾普斯暴跳如雷，借着酒劲，朝老人扑了过去，在他背后刺了一刀。伤口又长又丑，所幸还不足以致命。夫人替他缝好了伤口，狠狠地指责了丈夫的不是，她骂他没有人性，称他再这样撒酒疯迟早会杀了种植园所有的奴隶，家里只会变得愈发贫穷。

用椅子或木棍砸菲比姨妈对他来说都不是稀罕事儿，但我目睹的最残酷的鞭刑发生还是在不幸的帕茜身上。每次回忆，只有恐怖能形容我的情绪。

正是因为艾普斯夫人的嫉妒和憎恨，这位年轻灵活的奴隶整日在悲惨中度过。我庆幸自己曾好几次保护这位无辜的女孩儿免受惩罚。艾普斯不在时，夫人时常毫无缘由地命令我鞭打帕茜，我一般都会拒绝，称自己怕引起主人不满，好几次斗胆顶撞她，抗议帕茜不应该受到如此虐待。我尽力用事实说服夫人，她抱怨的事情并不是帕茜的责任，帕茜只是个奴隶，完全顺从主人的意愿，错误归咎于主人自己。

后来嫉妒的魔鬼也爬进了主人的内心，他和暴怒的妻子一起折磨那个女孩儿，以她的痛苦为乐。

不久前，锄地时节的某个安息日，我们跟往常一样在河岸洗衣服。帕茜突然不见了，艾普斯高声吆喝着她，但是没有回应。没有人看到她离开庭院，我们也不知道她去了哪儿。好几个小时过去了，这才看见她从肖的种植园回来。正如前文提过，肖出了名的品行不端，和艾普斯的关系不太友好。他的黑人妻子哈里特理解帕茜的难处，待她不错，因此帕茜一有机会就会去看望她。她的拜访仅仅是出于友谊，但是艾普斯却渐渐起了疑心，认为她是出于某种不纯的感情，觉得她想见的不是哈里特，而是那个不要脸的流氓，他的邻居肖。帕茜回来时看到主人一脸盛怒地对着她，令她恐惧万分。起初她对他的暴力很是警觉，试图回避他的问题，委婉的回答却令他更加起疑。最后她倔强地抬起头，义愤填膺地否认了他的指责。

"夫人没给我洗衣用的肥皂，却给了其他人，"帕茜说，"你知道这是为什么，我去哈里特那儿不过是想拿一块肥皂。"说完，她从衣服口袋里掏出一块肥皂给他看，"艾普斯主人，我去肖那里就是为了这个，"她继续道，"就这样，老天作证。"

"你说谎，你这个臭婊子！"艾普斯大喊。

"我没说谎，主人，即便你杀了我，我也坚持这么说。"

"噢！看我不打死你，叫你再去肖那儿，我要把你的脑浆都挖出来。"他咬牙切齿，凶狠地嘀咕道。

然后他转向我，命令我在地上钉四根木桩。他用靴子的脚尖点地，指示钉木桩的位置。木桩钉好后，他命令她脱掉身上的每一处衣物，还取来了绳子。赤裸的女孩儿面朝下地躺下，手腕和脚紧紧地被绑在木桩上。艾普斯走向门廊,取下一根粗重的皮鞭,放到我手中,命令我鞭打她。不幸的是,我不得不听从他的命令。我敢说,那一天,全世界的大地上没有哪里能像这里发生的一幕那样惨不忍睹。

艾普斯夫人和孩子们站在广场上,带着残忍的满足感盯着这一幕场景。奴隶们聚集在不远处,面容流露出他们内心的悲痛。可怜的帕茜苦苦地求饶,但是她的乞求无济于事。艾普斯咬紧了牙,在地上不停地跺着脚,魔鬼似地冲我疯喊,叫我再打狠一点。

"用力打,否则就轮到你了,你这个混蛋!"他大喊。

"噢,饶了我吧,主人!噢!求你饶了我!上帝啊,保佑我。"帕茜不停地喊道,无用地挣扎。每挨一鞭,她的肉体就一阵抽搐。

打了她三十鞭之后,我停下手,转过身看着艾普斯,希望他已经消火了。但他更为凶狠地骂了几句,命令我继续。我又挥了十到十五下,或许更多,此时,她的后背已经布满了长长的鞭痕,互相交叉像是一张网。艾普斯依然怒不可遏,问她还去不去肖那里,诅咒说他要把她打得痛不欲生。我扔下了皮鞭,说我打不下去了。他命令我继续打,威胁说要是我反抗,挨鞭子的就是我了,把我打得比帕茜还要狠。这残忍的画面让我心生忤逆。冒着被惩罚的危险,我断然拒绝再拿起鞭子。于是他自己握紧了皮鞭,用上了比我大十倍的狠劲。空中充斥着帕茜痛苦的哭喊和尖叫,混杂着艾普斯愤怒的大骂。毫不夸张地说,她浑身开裂,简直脱了一层皮。皮鞭已被鲜血浸透,沿着她的身体两侧,滴落在地上。最后她停止了挣扎,脑袋无力地垂在地上,尖叫和乞求渐渐变轻，变成了低声的呻吟。皮鞭抽到她身上，撕扯下几块皮，她的身体却不再挣扎扭曲。我以为她要死了！

这天是主的安息日。田地在温暖的阳光下微笑，鸟儿在树叶间欢快地啁啾，到处都是一片平和和愉悦，但在艾普斯心中，在伤痕累累的受害者心中，以及沉默的围观者心中却不是如此。狂风暴雨在他们的内心中肆虐，与那天安详的美景形成巨大反差。我对艾普斯只有难以言喻的憎恶和鄙夷，心中暗暗想道："你这个魔鬼，公道自在人心。早晚你这个罪人会得到报应！"

最后，他筋疲力尽，停下了鞭打，命令菲比带一桶盐水过来。用盐水彻底将帕茜洗一遍之后，主人吩咐将她带回小屋。我解开绳子，用胳膊扶起她。她无法站立，头靠在我的肩膀上，重复着说道："噢，普拉特……噢，普拉特！"声音微弱得几乎听不见。她被换上了件衣服，衣服一沾到她的后背，立刻就被鲜血染红。我们将她放在小屋的木板上，她一动不动地躺了很久，闭着眼睛，痛苦地呻吟。夜晚，菲比用融化的油脂涂到她的伤口上，我们尽自己所能地帮助、安慰她。一天天过去了，她面朝下地躺在小屋，疼痛使她动弹不得。

如果她再也抬不起头，对她来说或许是件幸事，可以免受好几天、好几个礼拜甚至好几个月的痛苦折磨。事实上，从那时起，她就变了一个人。深深的忧郁压得她精神不振，原本轻盈的脚步不再灵活，以前在她眼睛里闪烁的光芒也消失了。年轻时蹦蹦跳跳的活力、生机勃勃的笑声，以及那颗饱含爱心的灵魂，全都不见了。她整天意志消沉，郁郁寡欢。她经常在睡梦中突然起身，伸出双手，乞求饶恕。她变得愈发寡言，在我们中间劳作却全天不发一语。她脸上挂着一副忧心忡忡、惹人怜悯的表情，不再开朗，时时哭泣。如果有一颗破碎的心灵被痛苦和不幸粗暴地擒住，将其碾碎，令它枯萎，那就是帕茜的心。

她在成长中所受到的待遇甚至比不上主人的牲畜。帕茜仅仅是被当作一只贵重而美丽的动物，因此知识有限。但仍有微弱的光线给她的智慧带来了些许明亮，以至于那里并不是完全黑暗。她对上帝和永恒的认知模糊，对救世主更是没有概念，有谁会为像她这样的人献身呢？她对未来的生活迷茫无知，无法理解物质与精神的区别。在她看来，幸福就是免于鞭打和劳作，从主人和监工的残酷折磨中解脱。她觉得天堂般的快乐不过就是休息。一位忧郁的诗人写下的诗句令她印象深刻：

> 我并不觊觎高高在上的天堂
> 对大地上的受压迫者而言
> 唯一的天堂就是休息
> 永恒的休息
> 我如此唏嘘

认为奴隶不知道何谓自由的错误观点，在许多地区盛行着。即便是在贝夫河地区，这里的奴隶制在我看来是极其残酷绝望的，它呈现出北方各州所不理解的特征。最为无知的奴隶也完全了解自由的含义，他们明白自由所享有的特权和豁免，自由赠予他们自己的劳动果实，令他们安享天伦之乐。他们怎么会察觉不到自己与那些恶劣的白人的区别，他们也深刻认识到法律的不公：不仅霸占了他们的劳动成果，更令他们屈从于不应承受的、毫无缘由的惩罚，没有补偿，也没有任何反抗的权利。

帕茜的生活——特别是在这次鞭打之后——就是一段冗长的自由之梦。遥远之外，在她幻想中是一段无边无际的距离，她知道那里有一片自由之地。她曾上千次地听说在遥远的北方，那里没有奴隶，没有主人。在她的想象中，那是一片梦幻之地，是这世界上的天堂。生活在那里的黑人为自己工作，住在自己的小屋中，耕种自己的土地，这是帕茜的美梦——唉，只是一个梦，而她永远无法实现。

奴隶主的野蛮行径对家庭的影响显而易见，艾普斯的长子是一个十到十二岁左右的聪明男孩儿，有时会看到他斥责德高望重的亚布拉姆老伯，不禁让人心生惋惜。他命令老人数数，还会孩子气发作，抽上好几鞭，打得颇为严肃认真。他爬上小马驹，经常举着鞭子在地里骑来骑去，和监工玩耍，很是讨他爸爸欢心。此时，他挥舞着皮鞭，吆喝着催促奴隶干活，偶尔骂几句脏话。而他爸爸则大笑着，称赞他是个小男子汉。

"儿童是成人之父"[①]。在这样的培养下，无论天性如何，在成年之后，他也会完全对奴隶的痛苦和悲惨冷漠相待。这种不公平的制度必然会促生残酷无情的灵魂，甚至在仁慈慷慨的人之中亦是如此。

年轻的艾普斯小主人拥有一些高尚的品质，但没有环境引导

[①] 儿童是成人之父，引自意大利儿童教育家玛利亚·蒙台梭利的《幼儿教育法》一书。

他渐渐理解,在上帝眼里并没有肤色之分。他把黑皮肤的人当成是动物,同其他动物毫无差别,只是会说话,某种程度上拥有更高级的本能而已,因此也更具价值。如他父亲的骡子一般工作,毕生受尽鞭打和踢骂,同白人交谈时是必须摘帽,视线要卑微地垂在地面,在他看来,这自然而然就是奴隶的命运。被这种思想灌输长大,认为奴隶无法以人的名义伫立在大地上,难怪我们的压迫者尽是些冷酷无情的人。

19 木匠巴斯

　　1852年6月，按照之前的合约，胭脂河的一位木匠埃弗雷先生开始为艾普斯主人修建房屋。前文提到过在贝夫河地区没有地窖，另一方面，这里地势低洼，沼泽遍布，大屋通常建造在木桩上；另一个特点是房间不用石灰粉刷，但会在墙壁和天花板上铺上合适的柏木板，再根据屋主的品味漆上颜色，通常木板由奴隶用双人横切锯切割而成。由于没有水力发电，方圆数里之内都没有建立工厂。因此当种植园主为自己建造房屋时，奴隶们又要额外地多付出劳动。由于在提毕兹手下做过一段时间的木工，在埃弗雷和他的帮手们到来时，我便被从地里叫出去帮忙。

　　在他们之中，有一个人我欠他无比的恩情。若是没有他，我的奴隶生涯或许不会得以完结。他是我的送信人，内心高尚而慷慨。即便到生命的最后一刻，我也会对他满怀感激，铭记在心。他的名字叫作巴斯，那时他住在马克斯维尔。要准确地描述他的外貌和性格其实有点困难，他身材高大，年龄在四十岁和五十岁之间，白色皮肤，浅色头发，性格沉着冷静，能言善辩，但说出的话都经过深思熟虑，从来不会冒犯别人——这就是他的为人。从别人嘴里说出来会令人难以忍受的话，由他说出口却无伤大雅。或许红河上没有一个人会在政治和宗教的话题上同意他的观点，但我敢说，在这些问题的见解上，没有一个人及得上他一半。在任何区域问题上，支持弱势群体对他来说似乎是理所当然的；辩论时，他的观点巧妙而又独到，时常在旁听者中间引起一阵欢笑，而不是令他们不满。他是位单身汉，准确来说，是一个老光棍。据我们所知，他的亲人们都已过世。据他口述，也从未在哪里长久定居，总是在各州之间周转流浪，他如是口述。在马克斯维尔，他住了三到四年，以做一名工匠为生，他的怪癖在阿沃耶尔县也是众所周知。他不拘小节，为人慷慨坦率，因此颇有人缘，而他却从未停止过与大众观点斗争。

他生于加拿大，早年便背井离乡，游览过西北各州的知名胜地，在漫游的途中来到了风气不正的红河地区。最后一次迁移是从伊利诺伊州，现在他去了哪里，我不得不遗憾地说，我也不知道。在我离开马克斯维尔之前，他就悄悄收拾好行李，先我一步离开了。因为协助我得到解放而担心背上嫌疑，他不得不这么做。要是继续待在贝夫河的蓄奴地区，他无疑会因为自己的善举牺牲性命。

一天，在新房子干活时，巴斯和艾普斯陷入了争辩，我兴趣盎然地倾听着，他们在讨论奴隶制的话题。

"我告诉你，艾普斯。"巴斯说，"这完全是错误的，全错了，先生，这事没有半点公正和正义可言。即便我与克罗伊斯①一样富有，我也不会蓄养奴隶——当然我并不富有。这很容易理解，尤其是对我的债主而言。这是个骗局，借贷体系就是骗人的，没有借贷就没有债务，借贷将人诱骗进去，只有现金支付才能使他从罪恶中解脱。但是对于奴隶制的问题，在这一点上，你给了你的黑奴什么权利呢？"

"什么权利！"艾普斯笑道，"呵，我买下了他们，我为他们付了钱。"

"当然你付了，法律说你有权拥有奴隶，但法律，对不住了，它在说谎。是的，艾普斯，它是个骗子。真相不在法律之中。难道法律允许的每件事都是对的吗？假设他们通过了一项法案，夺取了你的自由，使你沦为一个奴隶呢？"

"噢，那种情况不可能发生，"艾普斯仍然笑着说，"希望你别把我比作一名奴隶，巴斯。"

"好吧，"巴斯严肃地回答，"不，我是说。我曾见过不错的奴隶，和我一样好，而且在这里，我也不认识什么白人能让我自觉不如。既然如此，艾普斯，在上帝眼中，白人和黑人的区别在哪里？"

"天差地别。"艾普斯答道，"你或许该问我白人和狒狒的区别是什么。我曾在新奥尔良见过那种动物，懂得就跟我手下的奴隶一样多。试问，你能称他们为公民同伴吗？"说完艾普斯被自己的风趣逗得放声大笑。

---

① 克罗伊斯（Croesus），里底亚最后一代国王，以财富甚多闻名。

"听着，艾普斯。"他的同伴继续说道，"那不好笑，有些人很风趣，而有些人并没有他们想象的那样风趣。我问你，《独立宣言》中说，人人生而平等自由，是这样吗？"

"是的，"艾普斯答道，"但是是指人，黑鬼和猴子可不是。"说到这儿，他笑得更大声了。

"照你这么说，白人和黑人之中都有猴子。"巴斯冷静地说，"我知道有一些白人争论起来连聪明的猴子都不如，但我们不提那个。这些黑奴也是人，如果他们懂的没他们主人多，这又是谁的错呢？他们被禁止学习，你有书有纸，爱去哪儿去哪儿，有上千种方式汲取知识，但你的奴隶却没有这特权——如果你抓到他们在看书，你就会鞭打他们。他们被奴役，一代又一代，被剥夺了精神食粮，谁能指望他们知识渊博呢？要不是他们被这残酷的制度压迫到这一地步，你们这些奴隶主永远不用为此负责。假如他们是狒狒，或是比这种动物聪明不了多少，那就要归咎于你们这种人了。这个国家有罪，而且是种严重的罪过，永远逃不过惩罚。裁决会到来的。是的，艾普斯，水深火热的那一天会来临的，或早或晚，但是一定会来临的，因为主是公正的。"

"如果你是和新英格兰的北方佬一起生活的，"艾普斯说，"我就会把你当成是他们的一员——一群满口胡言的狂热分子，自以为懂得比宪法还多，到处贩卖钟表，怂恿黑鬼们逃跑。"

"如果我住在新英格兰，"巴斯反驳，"也和在这里一样。要我说，奴隶制是不公正的，应该废除。法律和宪法没有任何理由和公正性，允许一个人沦为另一个人的奴隶。确实，失去自己的财产对你来说是难受的，但是若是与失去自由相比，这种痛苦还不及一半。以绝对的公正而言,你和那边的艾布拉姆老伯相比,并不拥有更多的自由权。说到黑人的皮肤,或是黑人的血统,唉,这条河附近有多少奴隶跟我们一样白?灵魂的颜色又有什么区别?呸,这整个制度不仅残酷,而且荒唐。或许你拥有奴隶,但即便给我路易斯安那最好的种植园,我也不会蓄养一个奴隶。"

"你喜欢自言自语,巴斯,比我认识的任何人都喜欢。如果有人反驳你,你会把黑的说成白的,把白的说成黑的。世上没有事情合你心意,即便你做出了选择,说到下一个观点时,我也不觉得你会满意。"

在这之后,两人之间经常发生类似的口角,艾普斯和他争辩更多是为了取笑他的价值观,而不是为了公平地谈论问题的对错。他把巴斯看作是一个只会自说自话、自娱自乐甚至有点自负的人。或许反驳巴斯的信念和主张仅仅是为了展示他那灵巧的辩论才能。

巴斯在艾普斯种植园待了一个夏天,每两周就去一次马克斯维尔。越见到他,我就越确信他是个可以信任的人。虽然如此,以前的不幸经历提醒我要极其谨慎。以我的身份,没有权利主动向白人搭话,只能等对方找我,但我不放过任何一个可以和他接触的机会,极尽所能地吸引他的注意。八月上旬,我和他单独在房屋里工作,其他木匠都走了,艾普斯也不在地里。时机到了,是时候说到正题了。无论结果如何,我决定一试。下午,我们正忙于工作,突然我停下手问道:

"巴斯主人,我想问一下,你是从这个国家的哪里来的?"

"怎么了，普拉特，为什么这么问？"他回答说，"告诉你，你也不懂。"

过了一两分钟，他补充说："我出生在加拿大，猜猜那里是哪儿。"

"噢，我知道加拿大在哪儿。"我说，"我去过那里。"

"是吗？我想你对那个国家相当熟悉吧。"他说着难以置信地笑了起来。

"千真万确，巴斯主人。"我回答道，"我去过那里，我还去过蒙特利尔、金斯顿和昆士敦，以及加拿大的许多地方；我也去过纽约州的水牛城、罗切斯特和阿尔巴尼，我能说出伊利运河和香普兰运河沿岸的乡镇名。"

巴斯转过身，盯着我许久，一言不发。

"你怎么会到这儿？"他最后问。

"巴斯主人，"我回答，"如果正义得到伸张，我绝不会沦落于此。"

"嗯，怎么回事？"他问，"你是谁？你肯定去过加拿大，我知道所有你说及的地方，你怎么到这儿了？来，全都说给我听听。"

"这里没有我可以信任的朋友，"我答道，"要是我说出来，尽管我并不觉得你会告诉艾普斯主人，但我仍然不敢跟你说。"

他诚恳地向我保证，他会保守我对他说的每一个字，严守这一秘密，显然我激起了他强烈的好奇心。我告诉他说来话长，艾普斯不久便会回来，要是他愿意等晚上所有人入睡后和我会面，我就和盘托出。他毫不犹豫地答应了，指示我去我们那时工作的建筑中，在那里能找到他。午夜时分，万籁俱寂，我小心翼翼地爬出小屋，悄悄地潜入仍在施工中的建筑，发现他正等着我。

他再一次向我保证绝对不会背叛我，我开始讲述我过往的生活和不幸的经历。他深感兴趣，问了无数关于我流落各地时发生的事情。说完后，我恳求他写封信给我北方的朋友，将我的情况告诉他们，请他们把我的自由身份证明寄过来，或者采取合适的措施解放我。他答应照办，但细细一想，万一行动被发现，将会面临巨大风险，于是我们约定必须严格保密，守口如瓶。这一义举我至今铭记在心。分别前，我们制定了实施方案。

我们约好第二天晚上在河岸边杂草丛的特定地点碰面，那里离主人家稍远。到了那儿，他准备在纸上记下了我几位北方旧友的姓名和地址，下次去马克斯维尔时把信寄给他们。谨慎起见，我们不在新屋子里碰面，因为必须要用到灯光，这样可能会被人发现。白天，菲比姨妈暂时不在，我偷偷地从厨房里弄了几根火柴和一根蜡烛。巴斯的工具箱里有纸和笔。

我们在约定的时间在河岸碰头，在高高的杂草丛里匍匐前进。我点燃了蜡烛，他取出纸和笔准备书写。我报出名字：威廉·佩里、西法斯·帕克和马文法官，他们都住在纽约，萨拉托加县，萨拉托加斯普林斯。我曾在美利坚酒店受雇于马文法官，和前两位合作过不少生意，相信他们中至少有一位现在仍然住在那里。巴斯仔细地记下名字，然后略有所思地说道：

"你离开萨拉托加这么多年来，这些人可能已经去世了，也可能搬走了。你说你在纽约海关有身份证明，或许那里有一份记录，我想最好写封信确认一下。"

我赞同,又将自己和布朗及汉密尔顿去海关时的情况复述了一遍。我们在河岸逗留了一个多小时,专心致志地谈论着。我不再怀疑他的诚信,敞开心怀诉说自己长久以来一直默默忍受的悲伤。我谈起了我的妻子和孩子,谈到他们的名字和年龄,若是在我死之前能再一次将他们拥进怀里,对我将是一种难以言喻的幸福。我抓住他的手潸然泪下,激动地恳求他成为我的朋友,帮我恢复自由回到亲人身边。我承诺余生都会为他祈祷,为他祈福,祝他好运。如今我获得了自由,身边围着年轻时的朋友,自己回到了家人的怀抱,但我仍未忘记这一承诺,只要我还有力气睁开双眼向上天祈求,我将一直为他祈祷。

"噢,祝福他温和的嗓音和灰白的发丝
一生一世为他祝福,直到我们在天堂相会。"

他保证了我们之间的友谊和信赖,使我一时不知所措。他说在此之前他从未对一个人的命运如此感兴趣。谈起他自己时,他的语调颇为悲伤,他说自己是一个孤独的老人,满世界流浪,而他正渐渐老去,不久便会走到尘世之旅的终点,倒下安息却没有亲友悼念他、铭记他。他的生命对他来说没什么价值,从今以后将致力于为我争取自由,与罪恶的奴隶制斗争到底。

这之后我们很少交谈,装作不认识对方。此外,在与艾普斯谈论奴隶制的话题时,他也不像以前一样畅所欲言。对我们之间不寻常的亲密感和心照不宣的秘密,艾普斯从未产生过一丝丝的怀疑,我们瞒过了种植园的所有白人和黑人。

人们常常难以置信地问起我，这么多年是怎么做到将自己的真实姓名和身世保密，连朝夕相处的伙伴都不知道。我从博奇那里吃到了教训，声称自己是自由人的危险和徒劳给我留下了难以磨灭的印象。奴隶中不可能有能帮到我的人，他们反而可能揭穿我。每每思索着怎么逃跑时，回想起这十二年来所有的烦恼，也难怪我会小心谨慎、警惕万分。宣告自己的自由权利是一种愚蠢的行为，这样只会引来更严密的监视，或许还会把我送到比贝夫河更遥远、更偏僻的地区。埃德温·艾普斯完全无视黑人的权利，没有任何正义感可言，我对此十分清楚。因此，考虑到解救的希望，也是出于个人的基本权利着想，对自己的身世保密是极为重要的。

我们在河岸碰面后的礼拜六晚上，巴斯回到了马克斯维尔。第二天，也就是礼拜天，他在自己的房间里写信。一封寄给了纽约海关的收税员，一封寄给了马文法官，还有一封寄给了帕克和佩里两人。最后一封信正是帮助我获救的。他签署了我的真实姓名，但在附言中备注说我并不是写信人。他认为写这封信会使自己陷入了危险中——如果被发现，相当于是冒着生命的危险。我还未见过信就被寄了出去，但是后来我拿到了副本，信的内容如下：

贝夫河，1852年8月15日
威廉·佩里和西法斯·帕克先生：
　　先生们，自我上次见到你们已经过了很长一段时间，不知道你们是否尚在，即便不确定，迫于形势所需，我还是决定写信给你们，还请你们谅解。

我是作为自由人出生，跟你们就隔着一条河，我肯定你们认识我，而现在我成了一名奴隶。希望你们为我拿到我的自由身份证明，寄到我手里。我现在在路易斯安那州，阿沃耶尔县，马克斯维尔。

此致

所罗门·诺瑟普

备注：我是这样沦为奴隶的，我在华盛顿市被下了药，好一阵子不省人事。等我醒来时，身上的自由身份证明已被偷走，我被戴上镣铐运到了现在的所在州。在此之前我都无法找到人为我写信。现在的写信人若是被发现了，则会面临生命的危险。

最近出版的一部作品中引用了我的事迹，叫作"汤姆叔叔的小屋"，书中引用了这封信的第一部分，省略了附言。两位先生的姓名也没拼对，出现了一点小错误，或许是印刷时的问题。比起正文，我获得自由更归功于备注，接下来会说到这点。

巴斯从马克斯维尔回来后告诉我事情已经完成了。我们继续在半夜商量对策，白天除了在工作时必要的交流从来不打招呼。据他查询，信被寄到萨拉托加需要两周，收到回复同样需要这么长时间。如果确实有回信的话，至多需要六周我们就会收到。为了在收到自由身份证明后展开最安全有效的行动，我们商量了许多对策，进行了数不清次数的谈话。要是一起离开这里时被人发现并抓个现行,这些对策能保护他免受伤害。帮助一个自由人重获自由虽然不触犯法律,但是会激起某人的敌意。

四个礼拜后,他又去了马克斯维尔,但是没有收到回信。我失望至极,但仍然安慰自己说还有两周的时间,或许会有一点延误,我不该这么心急。六周、七周、八周……十周过去了,然而什么也没收到。每次巴斯去马克斯维尔我就忧心忡忡,在他回来之前几乎不能闭眼。主人的房子终于完工,巴斯必须得走了。他离开前的那晚,我完全放弃了希望。我紧紧抱住他,像是溺水的人抱着漂浮的桅杆,一旦松手就会被波涛淹没,永远沉于水底。光辉灿烂的希望啊,我曾殷切地紧紧将其握住,却在手中化成了灰烬。我感觉自己在奴隶制的苦水中不断下沉,下沉……沉入无底深渊,再也无法浮出水面。

见我如此悲痛,我那慷慨的朋友与恩人心生怜悯之情。他努力劝说我振作起来,许诺会在圣诞前回来,如果在此期间仍未收到任何消息,我们有必要采取进一步的措施实行计划。他激励我要振作精神,要相信他为我做出的不懈努力。他用最诚挚感人的言语向我保证,从此以后,帮我获得自由将成为他的主要目标。

他不在的日子里,时间过得尤其缓慢。我焦急难耐地盼望圣诞节快点到来,几乎不再对收到回信抱有指望。它们或许被误送了,或许写错了地址。或许在萨拉托加的伙伴——我写信的那些友人,他们全都过世了,又或许他们各自忙碌,从未考虑过一个无名的、不幸的黑人的命运,认为这无关紧要。我把希望全寄托在巴斯身上,对他的信赖不断鼓舞着我,使我面对曾将我吞没的失望巨浪仍然屹立不倒。

我完全沉浸在对自身处境与前途的冥思中，同地劳作的伙伴们察觉到了这点。帕茜问我是不是病了，艾布拉姆老伯、鲍勃和威利常常流露出好奇心，问我是什么让我想得如此入神。我故作轻松地敷衍他们的询问，将自己的烦恼紧藏在心底。

20 在贝夫河的最后时光

巴斯信守了承诺。圣诞节的前一天，黄昏时分，巴斯骑着马来到了庭院。

"你好啊，"艾普斯握住他的手说，"很高兴见到你。"

他如果知道了巴斯此行的目的，可不会这么高兴。

"还好还好，"巴斯答道，"我来贝夫河办点事情，决定来看望看望你，在你这儿过个夜。"

艾普斯命令奴隶照看好巴斯的马，然后他们说说笑笑地进了屋，然而巴斯意味深长地看了我一眼，像是在说："躲好，我们都知道要干吗。"晚上十点，我干完了当天的活，走进小屋。当时艾布拉姆老伯和鲍勃和我一起干完活回去，我躺到地板上，假装睡下。等到我的同伴们都酣然入眠后，我悄悄地走到门外，留意着巴斯发出的任何信号或声音。一直站到了后半夜，仍没有看到或听到一丝动静。我猜他或许是不敢轻易离开大屋，怕惊动艾普斯的家人引起怀疑。我的判断是对的，他打算比平时更早一点起床，趁艾普斯还没醒来，抓紧机会见我。因此我提前一个小时叫醒了艾布拉姆老伯，打发他去屋子里生火，这是每年冬季，艾布拉姆老伯的一部分工作。

我又用力地摇醒了鲍勃，问他是不是打算睡到中午，骡子还没喂呢，主人就要醒了。他很清楚这件事的后果，于是跳了起来，一转眼就跑去了马场。

两个人走后不一会儿，巴斯就溜进了小屋。

"还没收到信，普拉特。"他说，这话像铅块一样落在我心底。

"噢，再写几封信吧，巴斯主人。"我哭求道，"我会告诉你许多熟人的名字，他们不可能全都死了，肯定会有人同情我的。"

"没用的，"巴斯答道，"我下定决心了。我担心马克斯维尔的邮政局长会起疑心，我去他的办公室打听过头了。靠不住，太危险了。"

"那一切都完了。"我喊道，"噢，我的天哪，我怎么才能结束这里的日子！"

"你不会在这里结束余生的，"他说，"除非你马上就要死了。我彻底考虑过了，做了个决定。办成这件事还有很多方法，比写信更有效、更有把握。我手头的一两件工作在三四月份就能完成，那时我能拿到不少一笔钱。然后，普拉特，我亲自去一趟萨拉托加。"

这话从他嘴里说出来的时候，我几乎不相信自己的耳朵。但他诚挚无误地向我保证，只要他能活到春天，他一定会踏上旅程。

"我在这里待得够久了，"他继续说，"留在哪里都一样。长久以来，我一直想再次回到出生的地方，我和你一样厌倦了奴隶制。如果我能成功带你逃离这儿，这一生也算是做了件好事。我能做到的，普拉特，我一定会这么做。现在告诉你我要做什么。艾普斯很快就醒了，不能在这儿被他抓个正着。想想在萨拉托加和珊蒂山，还有周边地区，有多少人认识你。冬天我会找个借口再来一趟，那时我会记下他们的名字。去北方后就知道该拜访谁了，能想多少就想多少，振作起来，别气馁。无论生死，我都与你同在。再见了，上帝保佑你。"说完他迅速地离开小屋，进了大屋。

　　那天是圣诞节的早晨，是奴隶一年中最快乐的一天，早晨不用抓着葫芦瓢和棉花袋急急忙忙地赶到地里。愉悦在他们眼中闪烁，脸上洋溢着幸福之情。盛宴和舞会时间到了，甘蔗地和棉花地都被抛到一边。大家穿上干净的衣服，系上红丝带齐聚一堂，欢声笑语，你来我往。对奴隶来说，这是自由的一天，因此兴高采烈。

　　早饭过后，艾普斯和巴斯在庭院里漫步，聊着棉花的价格和其他话题。

　　"你的黑奴在哪里庆祝圣诞节？"巴斯问道。

　　"普拉特今天去特纳那里，他的小提琴很受欢迎，礼拜一有人请他去马歇尔家，然后是老诺伍德种植园的玛丽·麦考伊小姐，她给我写了封信，希望他礼拜二为她的奴隶们演奏。"

　　"他真是个聪明的家伙，对吧？"巴斯说，"过来，普拉特。"我走向他们时，他正看着我，好像之前从没特别留意过我。

"是的。"艾普斯答道，握住我的手臂看了看，"他身上没有一处坏关节，贝夫河没有一个奴隶比他值钱，结实强壮又不耍心眼。该死的，他不像是其他黑奴，看上去不像，表现也不像。上个礼拜有人向我开价一千七百美金买下他。"

"你没卖？"巴斯惊讶地问道。

"卖？不，我清楚得很。干吗要卖？他可是个天才，会做犁梁、马车牵引架，什么都会，就跟你一样。马歇尔想用自己的一个奴隶换他，让我随便挑，但是我跟他说，我宁愿让魔鬼把他带走。"

"我没看到他身上有什么出众的。"巴斯打量我说。

"是吗？摸摸看。"艾普斯回应道，"很少见他那么聪明的奴隶，什么都会。这家伙皮薄，不像某些奴隶那么耐打，但他身上有点肌肉，毫无疑问。"

巴斯摸了我几下，将我转过身，彻底检查了一遍。艾普斯一直在旁边细说着我的优点，但他的客人似乎没多大兴趣，最后他们丢下了这一话题。巴斯很快便离开了，骑马离开庭院时又别有深意地看了我一眼。

他走后，我得到了张通行证，前往特纳的种植园，并不是之前提到的彼得·特纳，而是他的一位亲戚。我在那里演奏了一天一夜，礼拜天在自己的小屋里度过。礼拜一我穿过河湾，前往道格拉斯·马歇尔的种植园，艾普斯的所有奴隶都随我一起。礼拜二我去了老诺伍德那里，是马歇尔上面的第三家种植园，两家种植园位于河的同岸。

庄园现在的主人是玛丽·麦考伊小姐，是个可爱的女子，大概二十来岁。她是贝夫河上的美人及名媛,除了众多的仆人、清洁工、童工之外,还有上百个农民。她的姐夫住在毗邻的庄园,是她的代理人。她深受奴隶们的爱戴,在如此温柔的女主人手下工作,他们理所当然心怀感激。贝夫河没有哪里能比得上这里的盛宴,在年轻的麦考伊女士的庄园里可以尽情玩乐。其他地方的奴隶都喜欢来到这儿,老老少少不远千里前来欢度圣诞节。再没有比这儿更美味的佳肴,再没有比这儿更多的欢声笑语了,也再也没有人能像她——这位老诺伍德庄园的单身小姐,年轻的麦考伊女士那样深受爱戴,像她那样在上千名奴隶心中如此受欢迎了。

我一到她的庄园,就发现那里聚集了两三百名奴隶。桌子已在一栋长长的建筑中摆好,这是她专门为奴隶们搭建的跳舞场所。桌上摆满了各种食物,众人交口称赞这是难得的丰盛晚宴。烤火鸡、猪肉、鸡肉、鸭肉,以及其他各种肉食;烘焙的、蒸煮的、火烤的应有尽有,在桌上整齐地摆成一长排,空位上放满了馅饼、果冻、奶油蛋糕,还有各种面点。年轻的女主人围着餐桌转,同桌前的每一个人欢声细语,似乎非常喜欢这幅场景。

晚餐过后,桌子被撤走以便为舞者腾出地方。我给小提琴调好音,拉起一首欢快的曲子。有些人踩着轻快的步伐加入进来,有些人则拍起手,唱起简单但动听的歌谣,音乐声、歌声和脚步的踩踏声在宽敞的房间里交织成一片。

晚上,小姐回来了,站在门口看了我们好一会儿。她打扮华丽,乌黑的头发和眼睛与白皙精致的皮肤形成鲜明对比。她身材苗条,居高临下,一颦一笑都显露出自然的尊贵与优雅。她站在那里，身披华服，脸上洋溢着喜悦——我从未见过如此美丽动人的女子。我之所以满怀欣喜地描述这位温柔大方的女士，不仅是因为她激起了我的感动和欣赏，更是想让读者明白：不是所有贝夫河的奴隶主都像艾普斯、提毕兹或是吉姆·彭斯；尽管稀少，但是偶尔会见到威廉·福特一样的好人和像年轻的麦考伊小姐那样善良的天使。

礼拜二是艾普斯每年给我们放的三天假期的最后一天。礼拜三早上，我走在回家的路上，经过威廉·皮尔斯的种植园时，那位先生向我招呼说他收到了艾普斯的消息——是威廉·瓦内尔捎来的——他请求艾普斯延我一天假为他的奴隶们演奏一晚。这是我最后一次参加贝夫河岸的奴隶舞会。皮尔斯家的派对欢闹一片，一直持续到大白天。回到主人家时，我由于缺乏休息而有些疲倦，但赚了那么多硬币使我高兴万分，白人们对我的演奏非常满意。

礼拜六早晨，多年来我第一次睡过了头。我担惊受怕地走出小屋，发现奴隶们都已经在地里了。他们比我早了大概十五分钟，我匆忙地跟上他们，尽快赶到地里，连口粮和水壶都来不及带上。太阳还没升起，但是在我离开小屋时，艾普斯已经站在广场上了，他冲我喊道早就该起床了。经过额外的努力，在他吃完早饭出来时，我已经赶上了进度。然而这并不能赦免我睡过头的惩罚，他命令我脱掉衣服趴下，抽了我十到十五鞭。抽完后，他问我早上能不能准时起床，我很肯定地回答说能，然后带着背上火辣辣的疼痛继续干活。

第二天是星期天，我的思绪全在巴斯身上，想着他的行动和决心所承载着多大的机会和希望。考虑到生活的飘忽不定，如果上帝的旨意是让他死，那么我获救的希望，以及在这个世界上对幸福的所有期待，都将随之终结破灭。或许是因为我后背上的疼痛，我没能像往常一样振作精神。我意志消沉，整天闷闷不乐。晚上躺在硬邦邦的地板上时，沉重的悲伤压在我的胸口，似乎要将我的心脏压碎。

1853年1月3日，星期一早晨，我们准时到地里干活。那天早上阴凉刺骨，那片地区很少碰上这样的天气。我走在前面，艾布拉姆老伯跟在我身后，在他后面的是鲍勃、帕茜和威利，我们的脖子上挂着棉花袋。艾普斯碰巧出门，破天荒地没带鞭子，他骂骂咧咧，说我们什么都不会做，出口的脏话能令海盗感到惭愧。鲍勃冒昧地说他的手指被冻僵了，动作不利索。艾普斯咒骂着说自己没带生皮鞭，等他回来给我们好好热热身。是的，他要把我们弄得比在地狱中还热——我深信总有一天他自己会留在那里。

他抛下狠话后离开了。等到他走远，我们开始交头接耳，埋怨着手指被冻僵，要跟上进度太难了，主人太强人所难——谈到他时总没好话。一辆马车突然经过，急匆匆地向着大屋驶去，打断了我们的谈话。我们抬起头，看到两个人穿过棉花地朝我们走了过来。

写到这儿差不多已是我在贝夫河的最后时光了。摘完最后一次棉花，是时候跟艾普斯主人永别了。还请读者跟我一起回到八月份，随着巴斯的信到萨拉托加走上一段长长的旅程，去知悉这封信带来的影响。当我在埃德温·艾普斯的奴隶小屋抱怨绝望时，多亏巴斯的友谊和上苍的眷顾，最终使我获得了解救。

21 告 别

我对亨利·B.诺瑟普先生和其他一些人不胜感激,这一章会详述他们为我做的一切。

1852年8月15日,巴斯将写给帕克和佩里的信投进了马克斯维尔的邮局,这封信在九月初寄到了萨拉托加。在这之前,安妮刚好搬到沃伦县的格伦斯福尔斯,她在卡彭特酒店负责厨房事务。她也管理家务,和我们的孩子住在一起,只在酒店需要她工作时才会离开一段时间。

帕克先生和佩里先生一收到信就立刻将其交给了安妮。读完后,孩子们兴奋不已,匆忙赶到了珊蒂山的邻镇,拜访亨利·B.诺瑟普,希望得到他的建议和帮助。

查阅之后,那位绅士在国家法令中找到了一条有关奴隶如何恢复自由公民身份的法案。该法案于1840年5月14日通过,名为《关于有效保护本州的自由公民免于绑架或沦为奴隶的法案》,规定如果本州的自由公民或居民非法滞留于美国的其他州或地区,未经证实仅通过肤色判断或根据当地法律就被指认为奴隶,州长在收到充分的消息后有义务采取措施为此人恢复自由身份。为了这一目的，州长有权委任或雇佣一名代理人，并提供相关凭证和指示协助他完成任务。法案要求被委任的代理人收集有关证据为此人恢复自由权利，外出调查、采取措施、执行法律程序等一切能将此人带回本州的必要手段，并报销执行时产生的所有费用，但不包括无关此次行动的额外费用。

为了使州长信服，必须先证明两个事实：一、我是纽约的自由公民；二、我正被非法奴役。证明第一点并不困难，附近的老居民随时都能证实这点。第二点完全仰赖那位不明人士寄给帕克和佩里的信，以及那封在奥尔良号上写的信——不幸的是那封信已经遗失了。

安妮写好了请愿书，寄给了亨特州长阁下，里面陈述了我与她的婚姻、我离家前往华盛顿以及她收到信件的事。信中宣称了我是一个自由公民，还列出了其他重要事实，安妮在上面签字作证。同请愿书一起寄送的还有几封珊蒂山和爱德华堡的优秀公民的宣誓书，以证明请愿书中所陈述的事实，几位知名人士还请求州长委任亨利·B.诺瑟普为这次法律行动的代理人。

读了请愿书和宣誓书之后，州长阁下对这件事非常重视。1852年11月23日，州长授予印有州徽的委任状，"任命、委派并雇佣亨利·B.诺瑟普先生为代理人，全权负责"我的解救行动，采取任何可行的措施完成这一使命，命令他尽快前往路易斯安那。

由于诺瑟普先生被工作及政治事务缠身，一直拖到十二月才动身。12月14日他离开珊蒂山，前往华盛顿。路易斯安那州的国会参议员皮埃尔·苏尔阁下、国防部长康拉德阁下以及美国最高法院的尼尔森法官在听闻此事的报告后，检查了他的委任状，并确认了请愿书和宣誓书副本的内容。他们给路易斯安那写了封公开信，交给了诺瑟普，着力催促他们协助诺瑟普完成这次任务。

苏尔参议员特别重视此事，强硬地坚持说恢复我的自由身是州内每位种植园主的责任和义务，相信联邦每位公民心怀的荣誉感和正义感会促使他们立刻对我投以支持。拿到这些宝贵的信件之后，诺瑟普先生回到了巴尔的摩，准备从那里前往匹兹堡。这是原本的打算，但在听从了华盛顿朋友的建议后，他直接去了新奥尔良，向市政当局咨询。幸运的是，他在到达红河口时改变了主意。如果继续前进，他就不会遇见巴斯，这次寻找我的旅程或许会无果而返。

乘上第一艘靠岸的蒸汽船，他顺着红河继续旅途。红河缓缓流淌，曲折蜿蜒，流经一大片原始森林和无法穿越的沼泽地，几乎荒无人烟。1953年1与1日，上午九点左右，他在马克斯维尔离开蒸汽船，径直前往马克斯维尔法院，马克斯维尔小镇位于四英里外的内陆。

因为寄给帕克先生和佩里先生的信上盖着马克斯维尔的邮戳，他自然猜测我就在镇上或是附近地区。一到达小镇，他就立刻将自己的差事道给了当地的法律人士——头脑聪慧，品格高尚的约翰·P.瓦迪尔阁下。读了面前的信和文件，听了我被拐卖囚禁的事迹后，瓦迪尔先生立刻提供了帮助，极为热忱地加入了此行。他同其他高贵的人一样，十分痛恨绑架犯。奴隶交易是当地居民的一大经济收入，但这需要建立在诚信之上，再加上他嫉恶如仇，这件不公正的案子更激发了他的荣誉感。

马克斯维尔尽管占据着重要的位置，在路易斯安那州的地图上由斜体表示，突出显眼。事实上只是个无足轻重的小村庄。除了一位风趣慷慨的老板开的一家小酒馆，和一到假期就被放养的猪、牛占领的法院，以及绳索断裂晃荡在半空中的绞刑架之外，没有值得外人注意的地方了。

瓦迪尔先生从未听说过所罗门·诺瑟普这一姓名，但他确信如果马克斯维尔周边有奴隶背负此姓，他的黑小伙汤姆肯定认识。于是他叫来了汤姆，可在汤姆广为结交的熟人之中却也没有这号人物。

写给帕克和佩里的信注明是在贝夫河，因此他们推断到那儿肯定能找到我。但是这中间有一个难题——事实上是个相当严峻的考验。贝夫河最近也有二十三英里远，整片地区延伸至河两岸的五十到一百英里之间。成千上万的奴隶住在河岸上，富饶肥沃的土地吸引了众多种植园主。信中所述的信息含糊不清，难以制定专门的行程路线。最后决定由瓦迪尔的弟弟，即他办公室的学徒陪同诺瑟普前往贝夫河，沿着贝夫河一岸向上挨家挨户寻访，回来时沿河的另一岸向下，找遍整条贝夫河，这也是唯一能成功找到我的方案。瓦迪尔先生腾出了他的马车，安排在周一一早便开始这趟远行。

可想而知，这趟行程很可能以失败告终。他们不可能到地里检查所有干活的奴隶，他们也察觉到别人只知道我叫普拉特。如果他们询问艾普斯本人，他会明确地声称对所罗门·诺瑟普一无所知。

安排被定了下来，然而在周日过去之前无法采取进一步行动。下午，诺瑟普先生和瓦迪尔先生之间的话题转移到了纽约的政治上。

"我难以理解你们州各个政党间大大小小的差别。"瓦迪尔先生说，"我听说有温和派和强硬派、保守派和激进派、卷毛派和银灰派，我弄不明白。请问他们之间的确切区别是什么呢？"

诺瑟普先生填好烟斗，开始详细地谈起了各个党派的起源，最后总结说在纽约还有另一个党派，称为"自由土壤党"或"废奴党"。"在这片地区，我想您从未见过这类人吧？"诺瑟普先生问道。

"只见过一个。"瓦迪尔笑着答道，"马克斯维尔倒是有这么一个人，是个古怪的家伙，就像北方的狂热分子一样激情地鼓吹废奴主义。他是个慷慨随和的人，可在争论中总是站在错误的一方，常引起大家笑话。他是个出色的技工，这里的人几乎离不开他。他是个木匠，名叫巴斯。"

他们友善地谈论起巴斯的怪癖，突然瓦迪尔陷入了沉思，再次询问其那封神秘的信。

"让我想想，让我想想！"他若有所思地自言自语，眼睛又扫了一眼信，"'贝夫河，8月15日'，8月15日……邮戳在这儿，'现在的写信人——'，去年巴斯在哪儿工作来着？"他突然转过头问他的弟弟。他弟弟也不知道，但是起身离开了办公室，不一会儿便回来了，告知说："巴斯去年夏天在贝夫河的某个地方工作。"

"就是他！"瓦迪尔用力将手拍在桌子上，"他能告诉我们所罗门·诺瑟普的事！"

他们立刻开始寻找巴斯,但是没找到。四下打听后,他们确定巴斯在红河附近。弄到交通工具后,小瓦迪尔和诺瑟普不久便横跨几英里到了红河。他们一到那儿就找到了巴斯,他那时刚要离开,会有两个多礼拜不在那儿。自我介绍后,诺瑟普请求巴斯和他私下聊一会儿。他们一起向河边走去,期间发生了如下对话:

"巴斯先生,"诺瑟普说,"请问你去年八月是不是在贝夫河?"

"是的,先生,八月我是在那儿。"巴斯答道。

"你有没有在那儿为一个黑人写过信,寄给了萨拉托加斯普林斯的某位先生?"

"对不起,先生,我觉得那件事跟你无关。"巴斯答道,停下脚步,锐利地看着他的脸。

"或许是我太草率了,巴斯先生,请你原谅,但我是从纽约州来的,因为一封写于8月15日,邮戳盖在马克斯维尔的信而找到这里。了解下来后,我猜测或许你就是写信之人。我正在寻找所罗门·诺瑟普,如果你认识他,请你坦率地告诉我他在哪里。如果你希望我保密的话,我就保证不会泄露任何消息。"

巴斯紧紧盯着这位新朋友的眼睛,许久不发一言,似乎在怀疑对方有没有可能欺骗他。考虑再三后,他最后开口道:

"我问心无愧,我确实是写信的人。如果你是来解救所罗门·诺瑟普的,很高兴见到你。"

"你最后一次见到他是在什么时候,他现在在哪里?"诺瑟普问。

"我最后一次见他是在圣诞节,一个星期前的今天。他是埃德温·艾普斯的奴隶,艾普斯是贝夫河的一位奴隶主,那里靠近霍姆斯维尔。没人知道他原名是所罗门·诺瑟普,都叫他普拉特。"

真相大白,谜团也解开了。星光穿透了沉沉乌云,点亮了黑暗阴郁的阴影——十二年来我行走于其中,此刻终于见到了自由之光。抛下所有的怀疑和犹豫,两人就重要之事畅所欲言,漫漫长谈。巴斯表达了他对我的关心,以及春天前往北方的打算,声称只要力所能及,他定会帮我解放。巴斯讲述了我们相识的开始经过,好奇地打听我家人的情况以及我早年的经历。离别前,他用半截红粉笔在碎纸片上画了张贝夫河的地图,指出艾普斯种植园的位置以及通往那里的道路。

诺瑟普和他年轻的同伴回到马克斯维尔,决定就我的人身自由权诉诸法律程序。我为原告,诺瑟普先生作为我的监护人,埃德温·艾普斯为被告。诉讼一层层上报,最后到了县治安官那里,他下命令将我暂时拘禁,直到法院对我做出裁决。文件草拟完毕时已经是半夜十二点,因为太晚了无法去向住在镇子外很远地方的法官索取必要的签字。因此,其余手续一直拖到星期一早上。

看上去所有事都在顺利进展,直到礼拜天下午,瓦迪尔拜访诺瑟普时表达了他对预见不到的困难的担忧。巴斯已经开始担心,他之前把自己的事务交给了码头的某个人手上,跟他说自己打算离开路易斯安那州。那个人背叛了巴斯对他的信任。镇上传言四起,说酒店里来了个陌生人,有人看到他跟瓦迪尔律师走在一起，正在找寻贝夫河上老艾普斯的一名奴隶。在马克斯维尔，艾普斯众人皆知，他经常在法院开庭期间来这里游玩。瓦迪尔担心这些小道消息晚上会传到艾普斯耳中，这样他就有机会在治安官到访之前将我藏起来。

这一担忧大大加快了事情的进展，远住在镇子外的治安官接到请求，要他在午夜之后立刻准备动身，法官也收到通知届时会有人拜访他家。说句公道话，马克斯维尔当局竭尽所能地提供了协助。

午夜刚过，治安官办好了保释，法官也签好了字，酒店店主的儿子驾着马车，载着诺瑟普先生和治安官匆匆离开了马克斯维尔，风尘仆仆地前往贝夫河。

考虑到艾普斯可能对我自由权的问题提出质疑，诺瑟普先生提议事先描述一下他与我第一次会面时的情形，在治安官的证词下或许能成为庭审的材料。因此他们在路上做了安排，在我得以跟诺瑟普先生谈话之前，治安官会向我提出他们准备好的问题，比如我有几个孩子，他们的名字是什么，结婚前我妻子的名字是什么，我认识北方哪些地方等等。如果我的回答与他拿到的陈述相符，该证据的真实性肯定毋庸置疑。

后来，如前文所述，艾普斯威吓说会马上回来给我们点教训，然后离开了地里。不久之后，他们就来到了种植园，发现埋头干活的我们。他们跳下马车，让车夫继续向大屋前进，吩咐在他们碰面之前不要向任何人提及此行的目的。诺瑟普和治安官下了公路，穿过棉花地向我们走来。我们抬头看着马车时注意到了他们，其中一个人领先了几杆距离。很少看到白人以那种姿态向我们走来，特别是一大清早。艾布拉姆老伯和帕茜嘀咕了几声，惊奇地看着他们。治安官走到鲍勃跟前，问道：

"那个叫普拉特的奴隶在哪儿？"

"他就是，主人。"鲍勃指着我回答，脱下帽子。

我纳闷他找我是有什么事，然后转过身盯着他，直到他距我只有一步之遥。我在贝夫河住了那么久，熟悉几英里内每位种植园主的脸孔。但他完全是个陌生人，我当然从来没见过他。

"你的名字是普拉特，对吗？"他问道。

"是的，主人。"我回答。

他指着站在几杆远的诺瑟普，问："你认识那个人吗？"

我朝他指的方向看去，眼睛停留在那张面孔上，大量的图像涌进我的脑海，是诸多熟人的脸庞——安妮、亲爱的孩子们，还有我死去的父亲。童年和年轻时的场景历历在目，快乐时光里的所有朋友时隐时现，如幻影般在我眼前掠过又飘来，最后我终于完全回想起来他的脸。我向老天伸出手，激动地大声呼喊。我从未如此兴奋，从未发出过这样的嗓音。

"亨利·B.诺瑟普！感谢上帝！感谢上帝！"

我立刻明白了他此行的目的，感到我解放的时刻近在眼前。我向他走去，但治安官拦在了我面前。

"等一下。"他说，"除了普拉特，你还有其他名字吗？"

"所罗门·诺瑟普是我的名字，主人。"我答道。

"你有家人吗？"他问。

"有个妻子和三个孩子。"

"你孩子的名字是什么？"

"伊丽莎白、玛格丽特和阿隆索。"

"你妻子结婚前的名字呢?"

"安妮·汉普顿。"

"谁是你们的证婚人?"

"爱德华堡的提摩西·艾迪。"

"那位先生住在哪里?"他又指着诺瑟普问。我认出他后,诺瑟普就一直站在那儿。

"他住在纽约州华盛顿县的珊蒂山。"我回答。

他本想继续问问题,但我情难自已,推开他往前奔去。我紧紧握住老朋友的双手,泪水无法抑制地流下,哽咽地说不出话。

"所罗门,"他终于开口,"很高兴见到你。"

我试图回答,但情绪噎住了所有言语,我只有沉默。奴隶们困惑不解,目瞪口呆地盯着这幅情景。十年来,我与他们相处在一起——地里、小屋里,我们承受着同样的苦难,吃着同样的食物,一起同甘共苦。然而,直到此时我留在他们中间的最后一刻,他们却怀疑起我的真实姓名,连仅有的一点对我往事的认知也不敢相信。

他们许久不发一言。我紧紧地抱着诺瑟普,看着他的脸,生怕自己醒来发现这只是场梦。

"把袋子扔掉。"诺瑟普终于开口,"你摘棉花的日子结束了,和我们一起去见艾普斯。"

我听从他的话,走在他和治安官中间,向着大屋走去。走了一段距离后,我的声音才完全恢复,询问我的家人是否还活着。他跟我说他不久前见过安妮、玛格丽特、伊丽莎白,阿隆索也还活着,他们都活得好好的。然而我的母亲,我却再也无法见到她了。我从这突然将我笼罩的激动中渐渐恢复,变得虚弱不堪,甚至连走路也开始困难。治安官握住我的胳膊搀扶着我,否则我大概就会跌倒。进入庭院时,艾普斯站在门口,正在和车夫交谈。那个年轻的小伙遵从指示,艾普斯不断盘问发生了什么,但他半点信息都没透露。我们走到艾普斯面前时,他几乎跟鲍勃和艾布拉姆老伯一样惊讶疑惑。

艾普斯和治安官握了握手,治安官向他介绍了诺瑟普。他邀请两人进了屋子,同时命令我带些木柴过来。因为我不知怎么没了力气,没办法精准地挥动斧子,砍柴花了我一定时间。最后当我进屋时,桌子上摆满了文件,诺瑟普正在念其中的一份。或许是我花了太多时间,他们已经开始谈正事了。我将木柴放进壁炉,小心摆弄着每根木柴的位置。我听到他反复提到"这位所罗门·诺瑟普""宣誓人称……"和"纽约州的自由公民",我多年来对艾普斯夫妇保密的事情终于从他的话语中透露出来。我谨慎地待了一会儿,察觉不宜久留。正准备离开时,艾普斯叫住我问道:

"普拉特,你认识这位先生吗?"

"是的,主人。"我回答,"从记事起我就认识他。"

"他住在哪里?"

"他住在纽约州。"

"你曾经住在那里?"

"是的,主人。在那里出生长大。"

"所以你曾是个自由人,你这个该死的黑鬼。"他骂道,

"我买下你的时候,你为什么不告诉我?"

"艾普斯主人,"我回答道,语调与平时和他说话时有些不同,"艾普斯主人,您并没有费这个神问我,而且我曾经跟以前的一位主人说过我是自由人,是他绑架了我,结果被他打得半死不活。"

"看上去有人为你写了一封信。说,是谁?"他蛮横地质问道,我没有回答。

"我问你,谁写了那封信?"他又问。

"或许是我自己写的呢。"我说。

"你从没去过马克斯维尔邮局,也不可能在天亮前回来。我知道这点。"

他坚持要我告诉他,我坚决不说。他恶毒地威胁道,无论写信人是谁,只要被他发现,他都会施以残忍的报复。所有言行举止都透露出对写信人的愤怒,一想到失去了这么大一笔财产,他就懊恼不已。他对诺瑟普说,要是早一个小时发现,他就把我藏进沼泽地或是其他偏僻到连治安官都找不到的地方,省却了诺瑟普把我带回纽约这桩烦恼。

我走进庭院,刚要进厨房,背上突然被砸了一下。菲比姨妈从大屋的后门出现,手里端着盘土豆,用力朝我扔了一个,暗示我她想跟我偷偷聊一会儿。她跑到我跟前,热切地在我耳边低语:

"我的老天,普拉特,你在想什么?有两个人过来找你,我听到他们对主人说你是自由的,在老家有妻子和三个孩子,你要跟他们走?不走你就是个傻瓜,我也想走。"她喋喋不休地说。

很快，艾普斯夫人来到了厨房。她对我说了许多，问我为什么不告诉她我的真实身份。她表达出惋惜之情，赞美我说宁愿失去种植园的其他任何奴隶也不想失去我。如果哪天要走的是帕茜，夫人肯定就高兴坏了。现在没人会修椅子和家具了，没人能在屋子里派上用场，也没人为他演奏小提琴了。艾普斯夫人说着说着落下了眼泪。

艾普斯让鲍勃为他的马备上马鞍。其他奴隶也冒着受罚的危险，丢下了活来到庭院。他们站在小屋后面，以防被艾普斯看到。他们招呼我过去，殷切而亢奋地同我聊天向我问话。要是我能用同样的语气，准确地复述他们说的每一个字就好了，要是我能画出他们面庞上的姿态和表情就好了，那将会是幅有趣的画面。他们七嘴八舌，突然就把我说到了一个难以估量的高度，我成了一个无比重要的人物。

阅毕法律文件，诺瑟普和艾普斯安排第二天在马克斯维尔碰面。之后，诺瑟普和治安官上了马车准备回马克斯维尔，我正要爬上车夫的座位时，治安官说我应该跟艾普斯夫妇道别。我跑回到门廊，他们正站在那里。我摘下帽子，说道：

"再见，夫人。"

"再见，普拉特。"艾普斯夫人温和地说。

"再见，主人。"

"哼，你这该死的黑鬼！"艾普斯粗暴而刻薄地咕哝道，"你犯不着得意，你还没走呢，明天到马克斯维尔再和你算账！"

我只是一个黑鬼，知道自己的地位。但那时我强烈地感觉到，如果我是一个白人，我准敢踢上他一脚作为分别礼，那样我心里会舒坦许多。回马车的路上,帕茜从小屋后面跑出来,张开双臂勾住了我的脖子。

"噢,普拉特。"她泪流满面地哭喊道,"你要自由了,到远方去,我们再也见不了面了。因为你,我少挨了好多鞭。普拉特,真高兴你自由了——但是——噢,上帝,老天啊!我以后该怎么办?"

我松开她回到了马车,车夫一挥鞭,马车便滚滚向前。我回头望去,帕茜半倒在地上,低垂着脑袋。艾普斯先生待在广场上,艾布拉姆老伯、鲍勃、威利和菲比姨妈站在门口,注视着我远去。我挥了挥手,但是马车在河边转了个弯,于是他们从我眼中永远地消失了。

我们在凯利的糖厂停留了一会儿,许多奴隶正在工作,这种建筑对北方人来说比较新奇。艾普斯全速从我们身边疾驰而过,第二天我们才知道他是去了大松树林找威廉·福特,因为是他把我带到了这里。

1月4日星期二,艾普斯、他的律师泰勒阁下、诺瑟普、瓦迪尔、阿沃耶尔县的法官和治安官,还有我,在马克斯维尔的一个房间里碰面。诺瑟普先生陈述了关于我的情况,出示了他的委任书和附加的宣誓书。治安官描述了棉花地的场景,我也受到了一番质问。最后,泰勒先生向他的客户确认说他也相信我们的话,诉讼不仅昂贵而且毫无用处。根据他的建议,双方起草了一份文件并签上字,艾普斯在上面承认他相信我的人身自由权,正式将我移交给纽约当局。按照规定,这份文件被阿沃耶尔县的档案室收录在案。

诺瑟普先生和我匆匆赶到码头,乘上了第一艘靠岸的蒸汽船,我们很快便顺着红河漂流而下。十二年前,我正是怀着绝望的心情沿着这条河逆流而上。

22 回 家

蒸汽船驶向新奥尔良，或许我并不高兴，或许克制自己不在甲板上跳舞并不是难事，或许对这位不远千里前来帮我的人，我并不觉得感激，或许是我没点燃他的烟斗，静候吩咐，然后去忙。如果没有——算了，无所谓了。

我们在新奥尔良逗留了两天。在那期间，我指出了弗里曼奴隶棚的位置与福特买下我的房间。我们碰巧在街上遇见了西奥菲勒斯，但我认为不值得跟他叙旧。根据可敬的市民所言，我们确定他是个卑劣、粗鲁、声名狼藉的家伙。

我们还拜访了记录员吉诺伊斯先生，索尔参议院就是把信寄给了他。他的确是位德高望重的先生，慷慨地为我们签署并发了通行证，并在上面盖了公章。通行证上包括了记录员对我外貌的描述，贴在这里并无不妥。以下是副本：

路易斯安那州，新奥尔良市
第二区档案室

致各出席方：

兹证明纽约州华盛顿县的亨利·B.诺瑟普先生已向我提供了关于所罗门是自由身的证据。所罗门是个黑白混血儿，约为四十二岁，五英尺七英寸六英分高，鬈发，栗色眼睛，生于纽约州。诺瑟普正准备将所罗门送回故乡，途经南方。请当局务必放所罗门顺利通行，他的表现相当良好。

于1853年1月7日亲笔签署，并盖以新奥尔良市的公章。

记录员吉诺伊斯

第二天，我们坐火车到了庞恰特雷恩湖，沿着平时的路线按时赶到了查尔斯顿。坐上蒸汽船，付清在这个城市的船费后，诺瑟普先生被一名海关人员叫住，问他为什么没有登记他的仆人。他回答说他没有仆人，作为纽约州的代理人，他正在陪同一位纽约州的自由公民从奴隶制中重归自由，因此既不想也不打算作登记。从他的举止谈话中，我明白不管怎么努力，尽管这完全是个误会，却避免不了查尔斯顿官员自认为合理的刁难。不过，最后他们还是允许我们前进。经过里士满时，我瞥了一眼古丁的奴隶监狱。我们在1853年1月17日到达华盛顿。

我们确信博奇和雷德本仍然住在那座城市中，于是立刻向华盛顿的一名官员提出了对詹姆斯·H.博奇的诉讼，指控他绑架并将我卖为奴隶。戈达德法官签发了搜查证并将他逮捕，案子到了曼塞尔法官那儿，他向博奇开出了三千美元的保释金。刚被捕时，博奇情绪激动，惊恐万分。到达路易斯安那大街的法官办公室之前，博奇还不清楚起诉的确切原因，他向警方请求允许他与本杰明·O.谢克尔商量一番。谢克尔做了十七年的奴隶贩子，也是博奇之前的合作伙伴，后来成了他的保释人。

1月18日上午十点，双方都在法官面前出庭。俄亥俄的查斯参议员、珊蒂山的奥维尔·克拉克阁下还有诺瑟普先生作为起诉律师，约瑟夫·H.布拉德利作为辩护律师。

奥维尔·克拉克阁下作为证人被传唤并起誓，他作证说自童年起就与我相识，我同我的父亲一样，是名自由人。诺瑟普先生也如是发表证词，并出示了他受委托前往阿沃耶尔县办事的证据。

之后，埃比尼泽·雷德本起誓，作证说他已有四十八岁，是华盛顿的一位居民，认识博奇有十四年了。1841年，他是威廉姆斯奴隶监狱的看守，他记得我于那一年被关进了奴隶监狱。就这一点，被告律师承认我在1841年春天被博奇置于奴隶监狱，起诉到此暂停。

本杰明·O.谢克尔作为辩护证人站在犯人旁边。本杰明体格庞大，五官粗犷。读了他回答辩护律师第一个问题所使用的语言后，读者或许能对他有一个大致正确的了解。在问到他的出生地时，他粗鲁地回答说：

"我出生在纽约州的安大略县，出生时重十四磅！"

本杰明确实是个大块头！他进一步作证说1841年他待在华盛顿的蒸汽船酒店，那年春天他在那里见过我，继而称他曾听到两个人说……这时，查斯参议院提出反对，认为从第三方听来的传闻不能作为证据。反对被法官驳回。谢克尔继续，那两个人来到酒店，说手上有一名黑人出售。他们与博奇面谈，说他们来自佐治亚，但谢克尔不记得是哪个县了。他们详细地介绍了那个黑人，说他是名砌砖工人，会演奏小提琴。博奇说如果能谈拢价格，他就买下。于是他们出去带了那个奴隶进来——我就是那名黑人。他进一步作证，也不在乎说的是不是事实，说我自称是在佐治亚出生长大，和我一起的一位年轻人是我的主人，并对与他的分别流露出依依不舍。他说我泪如雨下，然而我却坚持说主人有权将我卖掉，也理应将我卖掉。根据谢克尔所言，我给出的理由是，因为我的主人好赌如命。

他滔滔不绝，我从记录中摘录了一段："博奇照常向那个黑人问了一些问题，告诉他如果买下他一定要送他到南方，黑人说他没有异议，事实上很愿意去南方。据我所知，博奇花了六百五十美元买下了他。我不知道博奇给他起了什么名字，但应该不是所罗门。我也不知道另外两个人的名字。他们在我的小酒馆待了两三个小时，期间那名黑人还演奏了小提琴，买卖的账单是在我的酒吧里签下的，是一张打印的空白支票，由博奇填满。1838年之前，博奇是我的合作伙伴，我们的生意就是奴隶买卖。在那之后他成了新奥尔良的西奥菲勒斯·弗里曼的搭档。博奇在这里买下，弗里曼就在另一个地方卖掉！"

谢克尔在作证前听说过我与布朗和汉密尔顿到访华盛顿的情况，毫无疑问正是因此他才提到了"两个人"和我拉小提琴的事情。这是他凭空编造的，完全是伪证，可是在华盛顿居然找到了一名试图证实这一点的人。

本杰明·A.索恩作证说他在1841年曾在谢克尔的酒店见过一名会拉小提琴的黑人。"谢克尔说他正待出售,听到他的主人跟他说要卖掉他。那名黑人向我承认说自己是个奴隶,付钱时我并不在场,无法确定他就是那名黑人。黑人的主人泪流满面地向我走来,我想那名黑人还是被卖了。我从事这生意有十二年了,时不时将奴隶带往南方,没事做的时候我就干些别的。"

随后我作为证人出庭,但是受到了反对,法庭认为我的证词不能采纳。遭到拒绝的理由仅仅是因为我是一名黑人,但我身为纽约州自由公民的事实是不应该受到争议的。

谢克尔证实说他们开了张交易的账单,于是起诉方要求博奇出示证明,因为这一文件能够证实索恩和谢克尔的说词。被告律师觉得有必要出示这一文件,若无法提供则需要一个合理的解释,博奇可以作为证人证实自己的行为。原告律师认为不应该承认这种证词,它违背了证据的每一条规定,如果采纳,公正严明将不复存在。然而博奇的证词居然被法庭采用了,他起誓说他们确实起草了一张交易账单,但是他弄丢了,也不知道是怎么弄丢的。因此我方请求法官派一名警官前往博奇的住处,将他1841年做的有关奴隶买卖的账簿拿来,法官同意了这一请求。我们还没想好对策,警方就找到看账簿带上了法庭。他们找到了1841年的交易记录,仔细审阅了一番,查找了所有名字,却没有一条是关于我的。

基于这项证据,法庭做出裁决,判博奇无罪,将他释放。

随后,博奇和他的跟班们对我纠缠着不放,指控我和两个白人合谋欺诈他。审判结束的一两天后,《纽约时报》上刊登了一篇文章，我摘录了以下内容：

> 被告律师在被告无罪释放前起草了一份宣誓书，由博奇签字，指控该黑人与之前提到的两名白人合谋诈骗博奇六百二十五美元。指控生效，该黑人被逮捕并带到戈达德法官面前。博奇和他的证人出庭，H.B.诺瑟普作为黑人的律师，声称他已准备好替被告方作辩护，请求立刻开庭。博奇和谢克尔私下商量了一阵后，向法官请求撤销指控，他本人不再继续上诉。被告律师称要是撤销指控，必须先得到被告的请求或同意。博奇于是向法官请求让他保管起诉状和逮捕令，并将其带走。被告律师反对这种做法，坚持认为这些文件应该作为法院的一部分记录。法院已经开庭，诉讼应该继续。博奇又将文件上交给法院，法院判决该诉讼在原告的要求下终止，并将其记录在案。

或许会有人偏于相信这些奴隶贩子的描述，在他们看来，奴隶贩子的发言比我更有分量。我只是一个贫穷的黑人，是一个备受蹂躏的卑微种族，压迫者们又怎么会关心我们卑贱的声音？但是真相如此。我怀着责任感，在上帝面前，向世人郑重声明：任何关于我直接或间接与人合谋卖掉自己的指控，或是关于我前往华盛顿被绑架并囚禁在威廉姆斯奴隶监狱，以及所有在报纸上出现的断言，完全是不折不扣的谎话。直到在去年八月之前，我从未在华盛顿演奏过小提琴，从未去过蒸汽船酒店，更未见过索恩和谢克尔。这几个奴隶贩子的三重唱完全是凭空捏造,荒谬可笑,毫无根据。若是真的,我重获自由身份后就不会回过头起诉博奇。我应该对他避之不及,怎么会找上他?我明白这种行为会使我臭名昭著,我渴望与家人团聚,盼望着回到故乡,又怎么会冒着被曝光,甚至遭受刑事指控被判罪的危险,将自己置于这种境地呢?这种莫名的指控着实让人气愤,博奇和他同伙的声明没有丝毫真实。我费尽苦心将他找出,与他在法庭上对质,指控他对我的绑架罪,我迫使自己迈出这一步的唯一动机便是希望他得到公正的审判,为他对我犯下的罪过付出代价。然而,如前文所述,他居然被宣告无罪。人类的裁决放过了他,但是还有另一种更高级的法庭。虚假的证词在那里猖獗不了。我愿意前往那里接受审判,至少我的声明会受到关注。

我们在1月20日离开了华盛顿,途经费城、纽约和阿尔巴尼,并在21日的晚上抵达珊蒂山。环顾着熟悉的场景,快乐如泉水从我心底溢出,我发现自己又回到了昔日的友人中间。第二天早上,在几位朋友的陪同下,我动身前往格伦斯福尔斯,回到安妮和孩子们身边。

我走进温馨的小屋,第一个见到我的是玛格丽特。她没认出我,我离开时她才七岁,不过是个抱着娃娃的黄毛丫头。现在已长成了一个大姑娘,已经结婚,身边站着一个眼睛明亮的男孩。因为对他被奴役的、不幸的外公念念不忘,玛格丽特为这孩子取名为所罗门·诺瑟普·斯汤顿。得知我是谁后,玛格丽特百感交集,激动得说不出话。不久,伊丽莎白进了屋,安妮听闻我的消息后也从酒店跑了回来。他们抱着我泪流满面,紧紧地搂着我的脖子——就让我为这一幕遮上面纱，与其描述，不如让读者自行想象。

激动的情绪逐渐平复，我们沉静在这欢乐的时光中。一家人围坐在火堆周围，火苗散发出融融暖意，柴火啪啪作响，屋子里一片惬意。我们倾诉着发生过的千万桩事——在漫长的分别中，我们经历了希望与恐惧，欢乐与悲伤，审判和磨难。阿隆索去了西部，那个孩子前不久写信给他的母亲说，希望自己赚够钱赎回我的自由。从小，他就把这件事当成了自己的理想和目标。他们知道我正被奴役，在船上写的信和克莱姆·雷本人都告诉了他们这一消息，但是在收到巴斯的信之前，他们只能胡乱猜测我的下落。安妮告诉我，伊丽莎白和玛格丽特有次痛苦地从学校回来，她问孩子们为何如此悲伤，原来是他们在学习地理的时候注意到了一幅图片：奴隶们在棉花地里干活，一名监工挥着皮鞭跟在他们后头。他们不禁想起父亲或许就在承受这种苦难——我确实在南方忍受着这样的煎熬。类似这样的事情还有许多，他们始终挂念着我，但或许读者对此并无太大兴趣，就不再赘述了。

我的故事告一段落了。对于奴隶制，我不作任何评价。读过这本书的人或许会对这种"奇特的制度"产生自己的看法。其他州是怎样的，我不甚了解，但关于红河地区的情况已在书中有了真实可信的描述，没有丝毫虚构和夸大。就算有什么欠缺，那也是我向读者呈现了一幅过为光明的图景。我毫不怀疑，像我一样不幸的人绝对不在少数，一定有成百上千的自由公民被绑架并卖为奴隶，而此刻他们正在德克萨斯州和路易斯安那州的种植园里消耗自己的生命。可是我克服了，承受过的困难磨砺了我的精神。感谢仁慈的上帝，使我回到自由与幸福的怀抱。从今以后，我希望过上卑微而正直的生活，最后在我父亲长眠的教堂墓地里得以安息。

图书在版编目（CIP）数据

为奴十二年 /（美）诺瑟普著；沈靓靓译．—北京：新星出版社，2014.9
ISBN 978-7-5133-1591-3

Ⅰ．①为…　Ⅱ．①诺…②沈…　Ⅲ．①传记小说—美国—近代
Ⅳ．①I712.44

中国版本图书馆CIP数据核字（2014）第170370号

为奴十二年
[美]所罗门·诺瑟普 著
沈靓靓 译

选题策划：雅众文化
责任编辑：汪　欣
特约编辑：陈　彻
装帧设计：所以设计馆

出版发行：新星出版社
出 版 人：谢　刚
社　　址：北京市西城区车公庄大街丙3号楼 100044
网　　址：www.newstarpress.com
电　　话：010-88310888
传　　真：010-65270449
法律顾问：北京市大成律师事务所

读者服务：010-88310811　service@newstarpress.com
邮购地址：北京市西城区车公庄大街丙3号楼 100044

印　　刷：北京盛源印刷有限公司
开　　本：880mm×1230mm　1/32
印　　张：6.75
字　　数：142千字
版　　次：2014年9月第1版　2015年2月第2次印刷
书　　号：ISBN 978-7-5133-1591-3
定　　价：26.80元

版权专有，侵权必究；如有质量问题，请与印刷厂联系更换。